花重锦官城

成都物候记

阿来 著

成都物候记

花重锦官城

阿来 著

成都时代出版社
CHENGDU TIMES PRESS

目录 CONTENTS

序

之一

001 – 016

一个人是可以对一件事情上瘾的，

尤其是当这件事情

无论里里外外，都显得美好。

每候应一番花信。
每五日为一候，计二十四候，
凡一百二十日，
小寒至谷雨共八个节气，

之二
花
017-460

目录　　CONTENTS

帕慕克说过：

『我们一生当中至少要有一次反思，

引领我们将自己置身其中的环境。』

之三

谈

461-476

之一

序

一个人是可以对一件事情上瘾的，

尤其是当这件事情

无论里里外外，都显得美好。

序

前年这个时候吧，突然，经常作怪的胆突然从B超机荧幕上消失不见了。虽然肯定它没有从肚子里破壁而去，但随便哪个医生来也找它不见。诊断是那个分泌胆汁的小皮囊像沙漠里的湖一样，神秘地干涸了。

医生的建议，打开肚皮，拿掉它，不然，这东西不只是望之不见，还可能引起复杂的病变。术前准备的时候，我在床头上放了好多本书，认真读，并在电脑上敲打读书笔记。一方面当然是自己该读书时没有读书的机会，身体中的器官都开始衰退时，才在这儿恶补。更重要的还是让自己分分心，不要去想象自己被剖开肚皮时的难过时刻。想到自己生下来那么浑然天成的身体最柔软的部分将要被锋利的刀刃划开，心头不时掠过隐约而锐利的恐惧。这念头实在挥之不去，看书也不能将其忘记时，只好出去走路，身体疲惫后，入睡似乎要容易一些。术前的夜晚，更要出去走路。那夜，走在锦江边上，突然从朦胧路灯光芒中嗅到一股浮动的暗香。于是，不由自主地停下来，深深呼吸，让那香气充满心胸的同时，还将自己薄薄地环绕。此时，幽暗的锦江水上浮动着两岸迷离的灯光。于是，心安。于是，拨开树丛见到了那树早开的蜡梅。

那一夜，回到医院也睡得空前安详。

我是一个爱植物的人。爱植物，自然就会更爱它们开放的花朵——这种自然演化的一个美丽奇迹。因为，植物最初出现在地球上时，是没有花的。直到一亿多年前，那些进化造就的新植物才突然绽出了花朵。虽然，对于植物本身来讲，花意味的就是性，就是因繁殖的需要产生的传播策略，但人从有最初的文明以来，就在赞叹花朵匪夷所思的结构，描摹花朵如有神助的色彩，提炼或模仿令人心醉的花香。

读书的习惯没有让我心安，而爱植物、爱花的习惯却助我渡过了一个心理上的小难关。

有了这个经历，术后出院，第一件事情，就是想在春寒料峭中去看梅花。

这件事让我又明白一个道理：一个人是可以对一件事情上瘾的，尤其是当这件事情无论里里外外，都显得美好。

是的，我就对观察和记录植物上瘾已经好些年了。有朋友善意提醒过我，不要玩物丧志，但我倒自得其乐，要往植物王国里继续深入。文字记录不过瘾了，又添置了相机，学习摄影，为植物们的美丽身姿存照。这么做有个缘故，我曾对记者说过，我不能忍受自己对置身的环境一无所知。这句话被写到了报纸上，有人认为是狂妄的话，我却认为这是谦逊的话。这个世界就是如此，人走在不同的道上，对世事的理解已可以如此大相径庭，如此相互抵牾。我的意思并不是自己能通晓这个世界。我的意思是生活在这个世界上，我就要尽力去了解这个世界。既然身处的这个自然界如此开阔敞亮，不试图以谦逊的姿态进入它、学习它，反倒是人的一种无知的狂妄。

这个世界对一个个体的人来说，真的是太过阔大。我开始观察植物的时候，也仅局限于青藏高原，特别是横断山区这一生物特别丰富多样的区域。这不仅因为自己在这一区域出生、成长，更因为这是我写作的宝库，这许多年来，我不断穿行其间。就在这不断穿行的过程中，有一天，我突然觉悟，觉得自己观察与记录的对象不应该只是人，还应该有人的环境——不只是人与人互为环境，还有动物们、植物们构成的那个自然环境，它们也与人互为环境。于是，我拓展了我的观察与记录的范围。

这样直到2010年，旧病发作，进医院，手术，术后康复。一时间不能上高原了，每天就在成都市区那些多植物的去处游走。这时，蜡梅也到了盛放的时节。我看那么馨香明亮的黄色花开放，禁不住带了很久不用的相机，去植物园，去浣花溪，去塔子山，去望江楼，将它们一一拍下。过了拍摄的瘾还不够，回去又检索资料，过学习植物知识的瘾；还不够，再来过写植物花事的瘾。这一来，身心都很愉悦了。这个瘾过得比有了好菜想喝二两好酒自然高级很多，也舒服很多。

拍过蜡梅，接着便大地回春，阴沉了一冬的成都渐渐天青云淡。玉兰、海棠、梅、桃、杏、李次第开放，也就是古人所说春天的二十四番花信的接踵而至。于是，我便起了心意，要把自己已经居住了十多

年的这座城中的主要观赏植物，都拍上一遍、写上一遍。其间，从竺可桢先生的文章中得来一个词：物候，便把这组原来拟命名为“成都草木记”的文章更名为“成都物候记”，一一写来，加上自己拍的照片，陆续发在新浪博客上。没想到就有网友送上称赞，甚至订正我的一些谬误，更有报刊编辑来联系刊发。本来是在写作之余娱乐自己的一件事情，居然有人愿意分享，这对我也是一种鼓舞。本来计划一年中，就把成都繁盛的花事从春至秋写成一个系列。也许是做这件愉快的事情，身体康复也比预计快了很多，我这个不能在一个地方待着不动的人，便频繁离开成都，深入青藏高原，国内国外地开阔眼界，出去一次回来，往往就错过了某种植物的花期，以至于一年可以完成的事情，竟用去了两年时间。

曾经读到过美国自然文学开创者之一、环保主义者先驱缪尔的一段话：如果一个人不能爱置身其间的这块土地，那么，这个人关于爱国家之类的言辞也可能是空洞的——因而也是虚假的。此时我在上海出差，农历新年初七，杜甫当年在成都写“草堂人日我归来”那个“人日”，不在自家书房，无法查到原话，但大意如此，不会错的。

我在成都生活十多年了，常常听人说热爱成都的话，但理由似乎都比较一致地集中于生活享受的层面。我也爱这座城市，但我会想，还有没有别的稍离开一下物质层面的理由。即便是就人的身体而言，似乎眼睛也该是一个不能忽略的重要感官。而且，眼睛这个器官有个好处，看见美好的时候，让我们反省生活中何以还会有那么多的粗陋，可以引导我们稍稍向着高一点的层面前进。帕慕克说过：我们一生当中至少要有一次反思，引领我们检视自己置身其中的环境。

我觉得，自己写这组这座城市的花木记，多少也有点这样的意义在。

因为，这不是纯粹科普意义上的观察与书写——虽然包含了一些植物学最基本的知识，但稍一深入，就进入了这座城市的人文历史。杜甫、薛涛、杨升庵……几乎所有与这个城市历史相关的文化名人，都留下了对这个城市花木的赞颂，所以，这些花木，其

实与这座城市的历史紧密相关。驯化、培育这些美丽的植物，是人改造美化环境的历史。用文字记录这些草木，发掘每种花卉的美感，同时也是人在丰富自己的审美，并深化这些美感的一个历程。在教育如此普及的今天，我们反倒缺乏美的教育。文学的一个重要功能，就在于这种美的教育。我想写下这些文字，如果不能影响别人，至少也是写自己的一种自我教育。

我把这本对我来说属于“意外”的书的缘起写在这里，算是对这个“意外”的一个交代。

花

017-460

小寒至谷雨共八个节气，
凡一百二十日，
每五日为一候，计二十四候，
每候应一种花信。

【之一】

01

蜡梅

2010年1月16日 星期六

腊月初二 己丑年【牛年】

丁丑月 丙寅日

冷艳清香受雪知，
雨中谁把蜡为衣？

【宋】谢翱 《蜡梅》

前些日子，动完手术，刚能走动就到医院园中散步，看到一株半凋的蜡梅，就以为在病床上错过了蜡梅花期。

出院后几天，趁天气晴好去浣花溪公园散步，远远就闻见浓烈的香气，知道那是蜡梅香——这个时节，也不可能嗅到别的花香。循味而去，果然见溪边小丘上盛开着几树明亮的蜡梅。走近去看，上面可落脚处却被老年时方焕发了文艺热情的人们占据了，正咿呀歌唱。歌声自然不会好听，曲子也是“文革”战歌，自然就止住了要看梅花的心情。

又一天午后，笼罩成都平原多日的雾气散开，天空中难得地洒下来淡淡阳光，自然要出门沾沾地气，就在自家小区花园最僻静的角落发现了几株蜡梅。隔天晚饭后，在小区公园的大道上散步，眼无所见，却又闻见了浓烈的香气，那种只属于蜡梅的香气。星期六专门寻去，在公园平常不大去的东北角上，又发现了十好几株蜡梅，有的正盛开，有的已然开始凋零。那些凋零花瓣失去了明净的黄，失去了表面亮闪闪的蜡光，也失去了花瓣中的水分，萎缩在枝上，在微风中悄然坠地。但那盛开着的几树仍足以把心情照亮，

使我有心情跑回家给相机充电，换上合适的镜头，去记录它们的容颜。

就在收拾相机的这一刻，忽然起了一个念头，该随时用相机记录下自己所居住的这座城市花朵的次第开放。这时是阳历年头，正是开始做这事的好时候。还想好了总题目：成都物候记。

所谓物候，不想引辞书上的定义，还是气象学家竺可桢先生的文章《大自然的语言》更有趣味：

立春过后，大地渐渐从沉睡中苏醒过来。冰雪融化，草木萌发，各种花次第开放。再过两个月，燕子翩然归来。不久，布谷鸟也来了。于是转入炎热的夏季，这是植物孕育果实的时期，到了秋天，果实成熟，植物的叶子渐渐变黄，在秋风中簌簌地落下来．北雁南飞，活跃在田间草际的昆虫也都销声匿迹。到处呈现一片衰草连天的景象，准备迎接风雪载途的寒冬。在地球上温带和亚热带区域里，年年如是，周而复始。

这些自然现象，我国古代劳动人民称它为物候。

虽然说，物候并不止于各种草本木本植物花朵应时应季的开放与凋谢，而有更宽广的含义，但我喜欢这个词，便狭义地来用它一下。

过去，我也观察物候，拍花，并做文字记录，但限于一个范围，那就是青藏高原。但今年，身体情况也许不会允许我做惯常的高原之游，那就从身边开始，来学习观察自己所居住的这座城市的花木吧。

美国作家梭罗以自然笔记《瓦尔登湖》为世人所知，但可能很少有人读过他有关植物的书《种子的信仰》和一本观察物候的笔记《野果》。我想，我的笔记就应该类似于那样的东西。只是干上这活，寻芳觅香，要耽误许多喝酒和麻将的时候了，这在成都可是重要的社交。

我学习记录青藏高原的花开花谢已经数年时间，为什么不把所居城市的花开花谢也观察记录一番？于是，一旦起意就拿起相机，到小区花园里去拍梅花。不对，这么笼而统之说梅花其实很不准确，因为在植物学上，蜡梅自己独成一科，和在蔷薇科里有个庞大家族的梅并不相同。虽然它们同样在出叶前开花，虽然花朵看起来都直接从枝上绽放——其实它们本是出于叶腋，只是那叶子还要一月有余才会出现，待那叶子出现时，这些花朵与它们的香气都幽渺远去，无迹可寻了。

这一天，是 2010 年 1 月 16 日。

在我镜头所及处，尖瓣的蜡梅普遍在凋谢，圆瓣的正在盛开。

我是第一次这么仔细地观察蜡梅，才发现，以前以为就是一种的蜡梅，在花形上就有许多分别。按植物学术语，就是有很多变种。我不太确定这些变种是

人工有意诱导出来的，还是当初在野生状态下就是如此，就我看到的有限的资料，好像大多为人工培育而出的变种吧！

蜡梅原产于我国秦岭南坡，海拔1100米以下山谷。进入中国人的庭院的时间却杳不可考。可以肯定的是，蜡梅的栽培历史悠久，范围广泛，品种众多。从花径大小来看，有小于1厘米的小花类，也有大于4厘米的大花类。从花被片颜色看，有冰色、白黄色、浅黄色、鲜黄色、金黄色和绿黄色的种种微妙色变。从花被片形状看，有细长条形、披针形、长椭圆形、阔椭圆形、近圆形等的分别。从花内被片的颜色观察，则有紫心、红心、绿心和素心等多种类型。就花形看，又有碗状、钟状、磬口、荷花、盘状等。这些性状不同的相互组合，便形成了数量繁多的蜡梅品种。

中国的园艺，不是出于一种普遍的好奇心，而是在传统文化提供了特殊寓意的少数品种上特别用心用力。好像园艺也是一种人文意义的拓展工作。一方面，是大量可以驯化培育为美丽观赏花卉的野生种自生自灭于荒野；另一方面，却在少数人工驯化成功的种上弄出相当数量有着细微差别的变种，和种种诗意的命名。

蜡梅正是其中的一种。

前些日子写过一篇博文《错过了蜡梅的花期》，几位网友来指教，说，“蜡梅”的“là”是这个“腊”。

这里先谢过一字师了。也许他们说得都对，我写得也没错。腊梅是说其开放的时间在腊月。而蜡梅是说其花瓣上那层光如涂蜡一般。大家都不错，两种用法都有人用，都有各自的道理。这其实和中国人的植物命名的随意有关，到了植物学家们那里，为了准确表述，他们都用拉丁文的学名，那是一个科学的但我们看来未免生僻难解的命名系统。

但更多的时候，植物学书上，还是都用蜡梅。

在我印象里，从古到今留下的文字里，还是写作蜡梅为多。

苏轼、黄庭坚都写有“蜡梅诗”。

黄庭坚在《戏咏蜡梅二首》诗后写道：“京洛间有花，香气似梅，亦五出（五瓣）而不能晶明，类女功捻蜡所成，京洛人因谓蜡梅。”李时珍的《本草纲目》上也有类似的说法：“此物本非梅类，因其与梅同时，香又相近，色似蜜蜡，故得此名。”这种花的花瓣外层为黄色，的确有点像蜂蜡，可见写作“蜡梅”，是就其花瓣的颜色与质感说的。

同在宋代的谢翱有一首写“蜡梅”的诗：

冷艳清香受雪知，雨中谁把蜡为衣？
蜜房做就花枝色，留得寒蜂宿不归。

这是说蜡梅以蜡为衣，以避雨雪的侵凌。诗人意犹未尽，又进一步以“蜜房”来比喻蜡梅枝头的花

朵，并说这儿是蜜蜂躲雨避寒的好去处。诗人这一奇思妙想，虽然并不符合实际情况，当也与“蜡梅”这一写法有关。

关于寒冬里这种馨香黄花的命名之字，古人还有说道。明朝的《花疏》中写道：

蜡梅是寒花，绝品，人以腊月开，故以腊名，非也，为色正似黄蜡耳。

拍了蜡梅回家，又看到小区中庭中两树红梅已经满枝蓓蕾，一旦蜡梅隐身，它们就要在春节前后热闹登场了。

还看见，从夏天到秋天再到初冬都不知疲倦在开着喇叭形花朵的洋金花（木本曼陀罗），差不多掉光了硕大的叶片，质感介于草木之间的茎上、枝上，都已绽发出细小娇嫩的新叶了，如此说来，洋金花就是2010年最早吐芽的园中植物了。

阳历12月和1月，成都是蜡梅的天下。今年冬天奇寒，花信来得更晚，2月间，蜡梅才盛开。出点好太阳的时候，人们都奔到东郊的一个新农村样板叫作幸福梅林的地方去喝茶。更多的时候，是种梅的花农，剪了一大枝一大枝半开的蜡梅进城贩卖。那时候，一座成都城，几乎就是家家梅香了。如此情景，黄庭坚早有诗写在几百年前：

无事不寻梅，得梅归去来。

雪深春尚浅，一半到家开。

春节时候，我也从街头买了一大枝蜡梅回家，插在一个大瓷瓶中，每天夜里，都闻到强烈的香气流动，就知道，那是密密攒集在枝上的花蕾又绽开了。这枝蜡梅真的一多半都是“到家”开放的。我还为这枝蜡梅拍照一张，发在微博上，向大家祝贺新年。

【之二】

02

梅

2010年2月3日 星期三

腊月二十 己丑年 【牛年】

丁丑月 甲申日

二十里中香不断，
青羊宫到浣花溪。

【宋】陆游 《梅花绝句》

早晨，看见对面的屋顶湿湿的，很松润的样子。盥洗完毕，才听见自己心中冒出话来：咦！春雨。再走到窗前，看雨过的痕迹，真是与看了一冬的雨的感觉大不相同了。

降温厉害的那些日子，雨水下来可没有如此温润的感觉。严冬的冻雨在别处怎么下的我不知道，但在四川盆地，总要先使天空灰暗压抑到无以复加，直到正午亦如黄昏，这才慢吞吞地降落下来。其实说降落是要为一个过程找到一个明晰的起点，但冬雨常常是以雾的形态来临的，用这种方式先酝酿湿重而彻骨的寒意，然后才变成雨，无风也无声，就那么四处落下，并用更深更彻骨的寒意威胁盆地里所有绿色的植物：树、麦子、蔬菜，和一切家养与野生的花草。看到街头人们神情瑟缩，看到一朵朵黑伞飘过，我唯一的愿望就是去到一个有明亮天光的地方。但这样的雨，每一场都要下好一阵子。而且，在阴霾最深重的日子里，在一个多月的时段里下上好几场，每一场都像是马上就要凝成冰变成雪。那就干脆来一场铺天盖地的大雪吧！它又不来！它的目的就是让所有风湿病发作，连带着为这个时代多弄出一些抑郁症患者。

那些日子，顽强撑持的三角梅凋零了，菊花凋零了，我们小区院子里那几树紫荆大概是因为水土不服而总是迟开，总是开得零落的状如石斛花的花朵被直接冻萎在枝头上。

当所有东西都因冰冻而收缩，对面的水泥屋顶也是一样。冬雨总是浮在物体的表面，不能渗进那些因怕冻而紧缩的物体中去，只好浮在物体表面泛一片贼光。用那种光在眼前唠叨：我要变成冰，我要变成冰。就这么从十二月一直唠叨到一月，我想植物们也有些怕，因为这个过程中确乎有好多花草树木都零落了，后来，植物们也烦了，特别是掉光了叶子的那些，特别是梅和海棠，反正该零落的都零落了，就很瘦硬地说，那你就变成冰吧。这么一说，冬天和它带来的那种冻雨却也无可奈何了。这种迹象在蜡梅花开得很盛的时候就已经显现。梅香弥散的时候，漏过云隙的阳光就一天多过一天，小区中庭那两树红梅的花蕾也一天大过一天。

那时就想，雨水也要变得温软了。

不想，这雨水在一个无梦之夜来了，又走了。只留了一些湿湿的痕迹在对面的屋顶。那是雨水浸入物体内部，有了使一切松弛并得到润泽的痕迹。这便是春雨的痕迹。打开锁闭很久的窗户，空气也带上了干净温润的意味。

我挑了维瓦尔第的《四季》佐餐，要让乐队放大了的声音告诉所有事物，春天来了！

我在闲书中看见古人有所谓“二十四番花信”的说法。

大意是指：自小寒至谷雨共八个节气，凡一百二十日，每五日为一候，计二十四候，每候应一种花信。二十四番花信，就是自小寒起，每五天有一种花绽蕾开放。如此次第开到谷雨后，就已万紫千红，春满大地。二十四番花信以梅花打头，楝花排在最后。楝花开罢，以立夏为起点的盛大的夏季便来临了。

今天已经是1月26号，查了一下二十四节气表，不只小寒已过，大寒（1月20号）也过去一周了。红梅这番花信来得迟了些，因此推想，所谓二十四番花信之首的梅，像是蜡梅，而不是红梅了。这倒应了杜诗中的景：“梅蕊腊前破，梅花年后多。”

住家小区的院子算得宽敞，植物众多，中庭疏朗处有两树红梅，十多天前花蕾就在瘦硬的枝条上一天天膨胀，慢慢酝酿成了并不飘走的淡淡红云——远望有形，近看却又只见一朵两朵梅花试探性开着，稀疏零落，而且干涩。不过，经过昨夜那样的温润的雨水，那树梅花应该开了。

当阳光驱散薄雾，下楼就望见那团红云更加浓重，步步走近，那红艳并不消散。因此知道，这一树红梅花真的开了。这一树？不是说有两树吗？的确是长得好看的那一树热烈地开了。另外一树，一上午有多半时间在二号楼和几株高大香樟的阴影下，直到中

午才晒到太阳，总是受了委屈的样子，枝条不繁盛，花蕾也稀疏，所以这一夜春雨仍没将那些花蕾催开。

阳光下，我举着相机绕行的是盛开了的那一树，踩着书房里取书的梯子去够高枝上花朵的还是那一树。

再出门时，就看到城里城外，四处的红梅都应时而开。而且，玉兰与海棠，花蕾膨胀得都很厉害了。

自然要翻些古人写梅花的诗来读。过去是喜欢的，现今却不甚喜欢。这缘故却也简单。中国诗歌，言志、抒情、起兴，写的是这个，说的是那个。写花，但花是什么样子并不关心，不过是用花做个引子。今天以观察植物之美的心情来打量这些诗，就发现一个问题。单说咏梅诗吧，好像说的是梅花，其实并不是梅花，是诗人自况或别的什么，孤高清洁之类。古诗名句“前村深雪里，昨夜一枝开”美则美矣，却不能让人知道写的是蜡梅还是梅。因为两种梅都是会在雪中开放的。

当然，它们也都会在没雪的时节开放，在没雪的都市开放，比如成都这样的城市。来这座城市定居十几年了，不管有没有人观察欣赏，梅树是年年开花的。但雪却没有很好地下过，好让人赏玩积雪的枝头几星触目的红艳。现在我来写这些文字，想法相当简单，就是不管比兴，不管象征，不把景语作情语，就是为了看看梅花自然的呈现。就如看《瓦尔登湖》的作者梭罗观察记录野果：“悬钩子到了六月二十五日就成熟了，直到八月还能采到，不过果实最佳的日子当数七月十五左右……信步走到一片悬钩子林前，看到树上结着淡红色的树莓果，不由得令人惊喜，但随之也感叹这一年快过去了。”有文化批评家指出，咏花不见花，这是中国文学甚至是中国文化中一种“不及物”的态度使然。所以，中国人可以没有观察过梅花而作梅花画、写梅花诗。因为那是写意写情，而不是写梅花这个客体。在记忆中搜索，在网上搜索，取出老书来翻，真没有看到“及物”的梅花诗。又想起成都是阴柔多情的词的发源地之一，《花间集》流传的许多小令就产于这座城市，梅花也是本土自古就有的，便取了这书来看，读了十几页，二十好几首吧，却未闻到梅香浮动，如果吟到了花，也是海棠与杏花。想想也就明白了，在中国诗歌中，花是作为文化符号出现的，意象也者，先赋予意义，再兼及形象。所以，多情柔婉甚至淫靡的这些长短句中梅花就很难出现了。

还是回到硬朗一些的唐宋，陆游的《梅花绝句》引起了我的兴趣：

当年走马锦城西，曾为梅花醉似泥。
二十里中香不断，青羊宫到浣花溪。

虽未描摹出梅花的情状，倒是写出了宋代在成都看梅花的地理。“锦城西”“青羊宫到浣花溪”，杜甫

当年种桃写诗也在这一带，这一带是唐宋时来成都的外地名人依成都地理写出好诗的地方。我也想在这几日，挑一个好太阳，有小风的午后，在入过杜诗的万里桥某处泊了车，沿当年的濯锦之江，向西而行。这些地方都是当年的城外村野，所以梅花能开得“二十里中香不断”，今天夹岸尽是楼房，虽然“香不断”已无可能，毕竟河的两岸十多年来，重新垒堤铺路植草栽树，景致颇有些可观之处。河之两岸，定有梅花星落其间。还想起某天开车过滨江路，依稀看见岸边有树白花。正好下午浓雾散尽后出了太阳，便沿江去寻那树白梅。一路经过了许多红梅，和些性急绽放的海棠，走出六七里地了吧，在夕阳沉到那些高树背后的时候，寻到了那树梅花。远看是白色，近了，却是一株粉色。于是，借这一天已经黯淡的天光拍了几张粉梅。这树梅花已经盛开过了，准备凋零了，那些雄蕊柱头上的花药已几乎掉光（都尽数授给花瓣中央的雌蕊了吗，还是被风刮去到不知什么地方？），剩下的花药也都从明亮的黄变成了黯然的深褐色。

这是1月的最后一天，周日的黄昏，和这株粉梅的相会，无论是这一季，还是这一天，我都来晚了一点。

再补充一点，此梅非彼梅——蜡梅。植物分类学上，蜡梅很孤独，一个品种自成一科，就叫蜡梅科。梅却出自一个热闹的大家族——蔷薇科，和好多开花好看的木本植物——桃啊，樱啊，都是本家亲戚。

植物学还讲，梅花的花瓣为五瓣，那应是野生原种的形态特征，如今城里园中道旁，那些盛开着的，都是园艺种，有单瓣也有复瓣，复瓣就是经过人工培植诱导的品种。往哪个方向引导呢？当然是往使花朵繁盛与热闹的方向，于是复瓣的梅花便更繁复地重重叠叠了。于我而言，还是喜欢那些单瓣的，更接近野生状态的品种。

2010年2月9日 星期二
腊月廿六 庚寅年【虎年】
戊寅月 庚寅日

【之三】

03

贴梗海棠

偷来梨蕊三分白，
借得梅花一缕魂。

【清】曹雪芹 《咏白海棠》

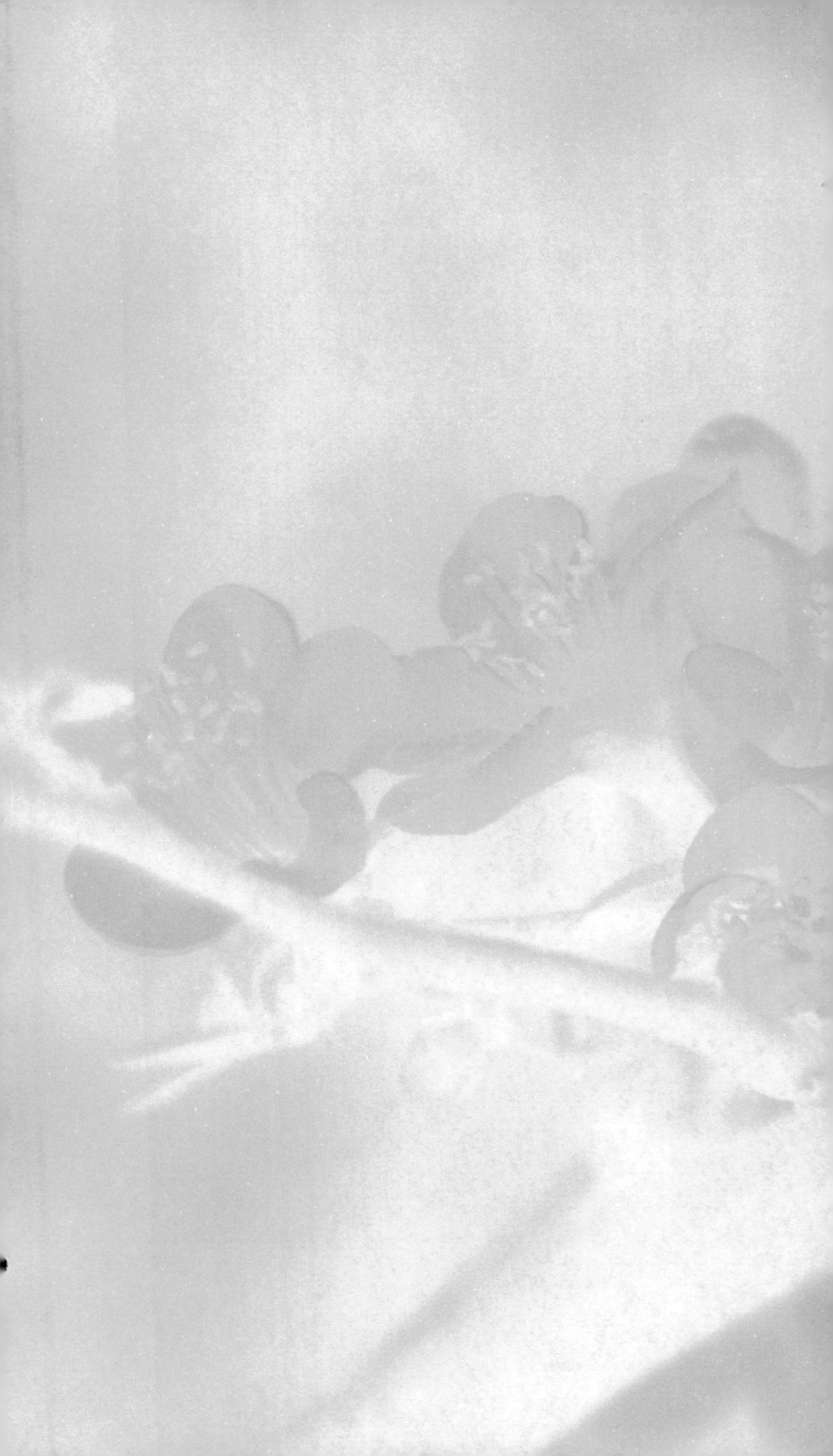

两周前。星期天。望江楼旁。

忽见河上有十几只白鹭，盘旋一阵，相继落在河上。这才注意到河水与前些时大不一样。水微微地涨起来，看得见流淌了，把潴积了很久的那些包藏着这个城市太多不健康成分的污水冲走了。想必是天看着高兴，阴了一冬的脸色渐渐舒朗，洒落下来温暖和煦的阳光。洒在身上，使身心温暖；洒在四周，使眼前明亮。这就是春天的意思了。河水还是浑浊着，但已不是将要朽腐的暗绿，而是带上了来自山中泥土的浑黄，散发的也是解冻的乡野土地那种苏醒的气息。

所以，白鹭才结队飞来。

我以为，这就是看见了春天。而且，还想看见更多的春天，便进了望江楼公园去看那儿众多的竹子。是想看见拱地而出的笋吗？从时令上说，也未免太早了一些。可是，既然闻到了春天的气息，大概内心里有着这样的盼望吧。笋自然没有看到，却看到一株海棠绽开了的蓓蕾，稀疏，却艳红耀眼。是这个城市准备开放的第一枝吗？

过几天去华西医院看医生，见院内差不多所有海棠瘦硬遒劲的枝干上，都很热闹地缀满了等待绽放的

花蕾。想起早先在这里住院时，这里的蜡梅都已凋谢，而别处的蜡梅才在相继开放。我便坐在花前想，对了，这是个热闹非常的地方，提前花开是因为那么多人，紧绕着这个院落中昼夜不停散发着热气的建筑，整个院落下的停车场里的汽车共同把这个地方变成为一个热岛。

之后，在城中各处经过，都要四处打量，看那些枝干最虬曲、最黝黑如铁的海棠树上如何透露春的消息。这些树都沉默着。在庭院，在河边，在公园，在车流汹汹的街道中间的隔离带上，都有许多海棠。在这个以“蓉”为别号的城市，海棠的数量远远超过芙蓉的数量，是现今才发生的变化吗？

查阅相关资料，知道至少在唐代，这个城市就有很多很多海棠了。有不得意被贬到四川来做小官的唐人贾岛《海棠》诗为证：“昔闻游客话芳菲，濯锦江头几万枝。”意思大致是说，以前就听说这个锦官城花色很重，今天来果然就看到锦江边上海棠成千上万树地开着。贾诗人来成都是路过。这个河北人要到下面去做小官，到今天高速路两小时车程的蓬溪县去，后来，又到今天的安岳县去，不知是哪一次路过，看见了海棠花开的盛景。但季节应该是确切的，就是这春寒料峭的二月吧。

书上说，春天的二十四番花信，海棠花开应该在春分时节。但这个城市，海棠却是在一月底就相继开放了。也许彼海棠不是此海棠。

2月4日，立春。

昨天阴天，早上起来看见雾气浓重，知道今天天晴。这段时间就是这样，昨天是阴天，今天就一定是晴天，那么明天又是阴天。这样均匀地阴晴相间差不多十天时间了。虽然雾气浓重，手机订阅的交通信息中还有高速路因雾封闭的消息，还是敢断定今天太阳一定会露脸，就把相机放上汽车后座，打算天一放晴就到府河边上去看海棠。

照例塞车，照例是耐着性子慢慢挪动，看到了隔离带上红海棠零星开放。只可怜废气与尘土浓重，显不出令人鼓舞的模样。到了单位，听八楼会议室有人引吭高唱，是一副熟悉的嗓子在单位团拜会上表演节目。继之又响起好几副嗓子。时势使然，本是饮茶交谈的场合，也模仿电视综艺晚会了。正犹豫上不上楼去，却见雾气散开，阳光穿过云隙降临在这蒙尘的日子。光从天顶一泻而下，使阴暗者明亮、晦暗者开朗。在这种光的照耀下，出红星路二段上单位的院子，北行数百米到新华路，折而向东至猛追湾，人就在府河边上了。两岸有宽阔的林荫，穿行其中，甚嚣尘上的市声就微弱了，被忘记了，又见到微涨的春水了，闻到这春水带来的日益遥远的乡野气息了。河上几百米就有一座桥，观景人可以在两岸频繁往返。溯河西北行，第四座和第五座桥之间，两岸有着城中最

多的海棠，可能也是最漂亮的海棠。

去年开始，为了避开下午的高峰车流，下班后，我会先到这段河岸上散步，看树看花，等到八九点钟再开车回家。那时就目睹过此处海棠盛开的景象。城中很多地方都有树形遒劲的红海棠。在此处，一树树怒放的红海棠间，却相间着一丛丛白海棠。红海棠树形高大，花开热烈；白海棠只是低矮浑圆的一丛，捧出一朵朵娴静清雅的白色花。这种热烈与安静的相互映衬，比那一律红色的高昂更意韵丰满。低调的白却比那高调的红更惹眼。

应该说，这段河岸的植物布置是这个城市中最有匠心的地方之一。

今天，2 月 4 日，比去年见海棠盛开的日子早了一些，但有淡淡阳光，立春两字更弄得人心里痒痒，便穿林过桥直奔那段遍植海棠的河岸。本来是去看早开的海棠，不想海棠已开得一树树绯如红云。看见许多蜜蜂在花间奔忙，在怒放的海棠树间穿行，却未闻花香。蜜蜂的飞舞让人好像闻到了花香。这些蜜蜂真是贪婪，刚一停在花上，也不摆个姿势让我留影，便一头扎进花蕊中去了，翘着个下半身在花瓣间让画面难看。前些天红梅开放时，以为会看到蜜蜂，却一只都未见到。这天特意去附近看了一株仍在盛开的红梅，上面也未见蜜蜂。

于是，回身继续拍我的海棠。拍到一块牌子，给这个密集海棠处起个名字叫“映艳园”。说不上好，也说不上不好。建这园子的立意倒好——“成都栽培海棠甚盛，古来闻名”，所以建此园，“表现海棠春艳的主题”。这些话就写在那块牌子上。可这海棠花开的情景，热闹固然热闹，却远不是一个“艳”可以概括的。艳丽是簇拥在枝头的花朵的整体效果。走近了看，那花一朵一朵一律五只单瓣，不似绢的轻薄，而有绸子般肥厚且色彩明丽同时沉着的质感。更不用说那海棠花直接开在瘦硬、黝黑、虬曲的枝干上，像是显示某种生命奇迹一般（生命本身就是种种奇迹），而那枝干上还有不甚锋利却很坚硬的刺让人不过分亲近亵玩那些花朵。

因此推测，好多古人诗中的海棠多不是这种海棠。典故“海棠春睡”中喻美人慵倦的海棠不是这种海棠。不是这种民间叫铁脚海棠、植物书上叫作贴梗海棠的品种。《红楼梦》大观园中众小姐结海棠社咏海棠诗，从描绘的性状与引发的情感看，多半也不是这种海棠。只有林黛玉诗中一联，咏的像是眼下这种海棠。当然不是红海棠，而是白海棠。《红楼梦》中这一回结海棠社咏海棠诗就是因为贾宝玉得了两盆白海棠。只有林黛玉悄然咏出“偷来梨蕊三分白，借得梅花一缕魂”的妙句，像是开在眼前的红海棠丛中的白海棠的精神写照。

此时，红海棠正盛开，白海棠大多还是萼片透着青色的花苞，只有当花苞打开，那纯净的白色才展

开，寂静而冷艳。

我自己记住，无论白色还是黄色，无论植株高大还是矮小，这种直接开在瘦黑遒劲且有刺的枝条上，一律单瓣五片环绕一簇黄色花蕊的花就叫贴梗海棠，蔷薇科木瓜属。这种海棠是蜀中土著，在这片土地上早在人类未曾意识花朵之美，未曾把它叫作海棠之前就已经存在了十万百万年。

还可以闲记一笔，坐在树下看花的时候，眼角的余光看见脚下地边有微弱的蓝星闪烁，仔细看去，却是花朵展开不超过半厘米的婆婆纳也悄然出苗开放了。

【之四】

2010年2月23日 星期二
正月初十 庚寅年【虎年】
戊寅月 甲辰日

04

早樱

三月雨声细，
樱花疑杏花。

【明】于若瀛 《樱桃花》

草堂人日我归来。

和这座城里的很多人一样，节前回老家过年，节后返城。我回城在“人日”这一天，而且真去了草堂。

在成都，说草堂就是杜甫草堂，任何人都不会认为本市还有另一处草堂。这些年来，人日这天，草堂似乎都有围绕诗圣杜甫的活动，这天出门前百度一下，跳出好多行的“草堂人日我归来”。打开来，都是当地媒体关于草堂祭拜诗圣活动的报道。今年的活动是有人穿了古装扮演高适和杜甫两个在台上对诗云云。

高适在蜀州刺史任上时曾给流落成都的诗人朋友杜甫很多帮助。他治所不在成都，在成都市下辖的崇州市，今天上成温邛高速西行，不过二十分钟左右车程，那时骑马坐轿，到成都可能得一两天时间。公元761年大年初七这天，高刺史作了一首《人日寄杜拾遗》，其中有句云：“人日题诗寄草堂，遥怜故人思故乡。”多年后，杜甫离开成都飘零于湖湘，高适已经病故，他从故纸堆中翻检出高适的这首诗，不由百感交集，作了首《追酬故高蜀州人见寄》。寄给谁

呢？无处可寄，只是寄给自己的一腔哀思罢了：“自蒙蜀州人日作，不意清诗久零落。今晨散帙眼忽开，迸泪幽吟事如昨。”

如今，如此深挚的友谊已经杳不可寻。要叫人穿了古人衣裳，在地理阻隔后更继之以阴阳阻隔的两位诗人相对吟咏确是大胆的创意，是对表演者要求很高的创意。所以到了草堂门口，还是不敢去看“诗圣文化节”上的演诗。其实本也不是为此去的，为的只是去看草堂四周的玉兰花。

回老家前的腊月二十八，就在草堂前看到有玉兰花开了，且有更多的枝梢擎着毛茸茸的密密实实的花苞准备绽放。隔了一周回来，只见原来开放的肉质的花瓣已多半凋萎，原来含苞欲放的，却并未开放。人在远处，手机里每天还传来成都的天气信息，都是阴，都是降温，都是零星小雨。就这么从大年三十一路下来，直到初七这一天。先开的玉兰被冻伤，未开的玉兰都敛声静息，深藏在花苞的庇佑中不敢探头了。

玉兰让人失望，不意间却见到了一树树白色的繁花。

李花？梨花？总之不会是梅花。梅花花期已到了尾声，早就一派凋零了。就这样，在没有一点期望的情况下，樱花展现在眼前。没有期望，是因为成都的文化中——至少是那些流传至今的诗文中，没有描述过樱花的物候——至少我没有读到过这样的诗词与文章。

初八日，去塔子山公园，也是要去看曾见过的几树玉兰。竹篱之中，牡丹正绽开初芽，间立其中的几树玉兰，也与草堂所见一样，节前开放的已被冻伤而萎谢，准备要开放的却因低温而仍沉睡在毛茸茸的花苞之中。走下园中的小山时，在将近山脚的地方，忽然看见一片浓云似的白。原来是一株十来米高的大树四周围着几棵小一点的树，都未着一叶，都开着一样形态的白花。白色本是寂静的，但这几树繁花以数量取胜，给人一种特别热闹的印象。尤其是最大的那一株上，每一条枝上花都开得成团成簇，每一簇上定有三五十朵白色小花，结成了一颗颗硕大的花球。不由人不停下脚步，停留在那些花树间，晕眩在浓烈的花香里。

曾在五月份樱花季节里去日本旅行。第一站，就去看鲁迅写过的“望上去确也像绯红的轻云”的上野樱花。看了很多很多樱花，领略了日本人浩荡出游赏樱的情景。当然也见到很多过敏体质的人被空气中弥漫的花粉所苦，戴着大口罩避之唯恐不及。之后一路北上，一周过去，竟然跑到樱花花信的前头去了。去一座私人博物馆参观毕，在露天里喝茶望远时，主人几次遗憾地说，要是晚来两三天，满坡漂亮的樱花就开啦。回想起来，那些樱花在我记忆中都是深浅不一的粉红，也是一朵朵花结成一个个花球，上面猬

集着数十朵复瓣的花朵：美丽，精致，却有点不太自然——典型的日本味道。还得到一本日本友人见赠的和歌集，其中多有吟咏樱花的诗句，不独歌唱其盛开，更多是喟叹群英的凋落。一片一片花瓣被春风摇落，一条曲折小径被花瓣轻轻覆盖，确有一种幽冷的意韵。

我还是更喜欢看到花树们蓬勃盛开。

塔子山公园这几株樱花，一色的白，就在二月的天空下盛开着，而不是在日本建立起关于樱花记忆的五月。让我确认是樱花的是一块牌子，上面确切地写着：樱花，而且写的是“日本樱花”。到网上一查，日本樱花却是一个庞大复杂的家族。花形、颜色、花期、香气都各不同，没有见过许多实物怕是弄不清楚。但得到一个大致的印象，凡是单瓣的，大概都更靠近野生的原种，而且是早开的。反之，复瓣越是繁复，越是人工诱导培育的结果，大致也都晚开。眼前这几株，不论花朵攒集得如何繁密，把花一朵一朵看来，都还是朴素的单瓣，都像蔷薇科李属的这个家族那些原生种一样，规则地散开五只单瓣，中间二三十支细长的雄蕊顶着金黄色花药，几乎要长过花瓣，簇拥着玉绿色矮壮的雌蕊。资料上谈到樱花的花期，都说是三到五月，也就是说，早樱开在三月，而晚樱一直可开进五月，但在成都，这些白色樱花在二月就开放了。

可惜的是，这片园林景观没有很好地经营，这么漂亮的樱花树竟未形成突出的景观，而且，树的四周还横穿着电线，树下还放着垃圾箱，想拍一幅全景都不能够了。

尽管如此，经过的游人也在感叹：好漂亮的花！

也在讨论是什么花。梨花。李花。杏花。遂想起两句诗："三月雨声细，樱花疑杏花。"看来不止我一个人没想到会遇到樱花。还是一个像是来自农村的老太婆说："樱桃嘛！"

植物学对樱桃这般描述："树皮紫褐色，平滑有光泽，有横纹。"那横纹却漂亮。细长，微微凸起，紫褐的树皮是浅浅的紫红，如细长眼眉。植物书上还说：樱桃的花有很好的观赏性，有几种亚洲樱桃品种是专门用来观赏的。这些观赏性樱桃是樱桃的变种。最主要的特点是：花的雄蕊被另外一丛花瓣所代替，形成了双丛花（也就是复瓣吗？）因为缺少雄蕊，这些品种都不可能结果。

印象中，樱花属于日本，看植物书才知道，其实中国才是樱花主要原产地之一。樱花真正的故乡是喜马拉雅山地。日本的《樱大鉴》中说，樱花从喜马拉雅山地先传到北印度和云南。如今日本樱花都由原生于腾冲、龙陵一带的苦樱桃演变而来，在人工培育下，花由单瓣变复瓣，并产生出从淡粉红到深粉红的种种颜色。苦樱桃？我在自己的小说《遥远的温泉》中曾描写过仍然生长在青藏高原上的野樱桃花，不过

那花开在高原迟到的春天，开在六月。而高大挺拔，树皮上长着许多细长眉眼的野樱桃结出的鲜红多汁的果子确实是苦味的。少年时代，曾经攀爬过许多樱桃树，期望发现一棵果实甜蜜的野樱桃，结果自然是徒劳的。那些苦樱桃只合做了鸟与熊的食物。

也有人说，中国人早在秦汉时期，就将樱花栽培于宫苑之中了。不知真是如此，还是外国人有的我们也得有的心理作祟就不得而知了。但“樱花”一词，确见于唐李商隐的诗句：“何处哀筝随急管，樱花永巷垂杨岸。”

如果樱花原生于中国的青藏高原是确实的，那么，成都紧邻着青藏高原，我小说中写到的那种野樱桃，就遍生于距此不过一百多公里的邛崃山脉的山谷中间。那么，至少在李商隐的时代，这城中也有樱花开放了吧？

据说，日本有樱花是12世纪后，即日本的平安时代的事了。还据说，当时日本人的本意是引进梅花，樱花是随那些梅花无意间夹带过去的。没见过确切的资料，算是“姑妄言之”的谈资，没有要轻视另一国文化的意思。

还是回到草堂，看草堂门口的招贴，“人日”活动的主题是怀念杜甫和赏梅花。其实，从节令上说，蜡梅早已开败，红梅也到了尾声，仍留在枝上的簇簇花朵也失去了盛开时的灼灼光华，倒是白色的樱花正繁盛。也许，多年后，“草堂人日我归来”，人们要来此处赏花，赏的就是中国的樱花了。识了这白色的早樱后，在城中四处走动时，就四处都看到有洁白的樱花在一树树开放，甚至在一环路上，一个加油站旁也看到开得非常繁盛的一株，而且，就在小区花园中也看到好几株，只是新栽没几年，那树还没有高过蜡梅，远看去还误以为是李花之类罢了。

今年识了樱花，想必明年春天，就能预先滋养着看樱花的心情了。

2010年2月28日 星期日
正月十五 庚寅年【虎年】
戊寅月 己酉日

【之五】

05

玉兰

元日到人日，未有不阴时。
冰雪莺难至，春寒花较迟。

【唐】杜甫 《人日二首 · 其一》

翻了一下我的图片收藏，第一次看见玉兰开花是 2 月 6 号，城东的塔子山公园。

本是去看海棠，却不经意间在竹篱围着的牡丹园中看见了玉兰开放。牡丹支棱着短促的木质茬，全无春天消息，倒是其间几株瘦高的玉兰，都高擎着毛茸茸的花苞，其中两三株竟然已经盛开了。瘦高的树把繁盛的枝子举得老高，不好拍摄。见过仰拍的玉兰照片，好看的都有如洗的蓝色天空作为背景。而成都的冬天，或者说初春，不可能有这样的天空，最晴朗的时候，朦胧雾气也不会散尽，低头，是照不出影子的淡淡阳光，抬头，是蛋青色的微微有些发亮的天空。这种天空，显然不好做白色花的背景色。只好把镜头对准低垂下来的稀疏的那几朵。两层六只厚厚的肉质花瓣，是象牙般的、玉石般的莹润的白。欲要放出光来，却又收敛了，于是，那厚厚的花瓣就像是含着光，又像是随时要放出光，却又偏偏不放。就这样叫人瞩目，叫人沉静。

公园中正在搭建形状各异的架子，用各种鲜艳的材料包裹出种种人物、山水和器物的造型，为春节期间灯会做准备。

再看到玉兰，是2月12日，城西的杜甫草堂门前，高可两三米，是栽在盆中待开放了从别处移过来的，花朵硕大饱满。和塔子山所见比较，也是一样莹润的白，不一样的却是白中晕出丝丝片片的红，花瓣也未尽情绽开，露出里面的雄蕊与雌蕊。植物书上把这样的花描述为杯形花。我想如果捧它在手里，这花的流线型肯定很适合人类手掌的形状。

要过节了，好些工人在做营造气氛的工作，把一盆盆的杜鹃放在钢架上，一直做成两根高大粗壮的花柱。另外，还在玉兰树边放些长得奇形怪状的海棠和梅树的盆景。

那是离开成都回老家过年的前一天，心想，过一周左右的时间回来，就该看到玉兰花四处开放了。

在路上开车时还想起塔子山上那些长得矮小些的玉兰，花朵都沉睡在花苞之中，想必再过几日就要开放了。这些矮的花树开放起来肯定方便拍摄。

不料人不在的这一周，成都连日降温，“多云间阴，有零星小雨”，把前些日子已然四处泛滥的春意给冻回去了。这种情形，杜甫早就经历过，并在《人日二首·其一》里记录下来：“元日到人日，未有不阴时。冰雪莺难至，春寒花较迟。”只是当今气候变暖，只是冻雨淅沥，而不见飞雪踪迹罢了。而低温时的雨水照样能让“花较迟”。

初九，2月22日，再上塔子山，十几天前开放的，已经凋谢，枝头上还挂着些深棕色的残片；那些十多天前就准备好了要绽放的，依然深藏在花苞之中，不同的只是，好些花苞的尖端都绽开了一点，把白色的、微黄的花露出一点来，是在感觉外面气温的变化吗？这时的公园也因为灯会那些大红大绿的绑扎出来的造型，卖上了门票。如果晚上里面亮上灯，这些造型应该是好看的吧？现在却了无生气。好在道路两边密集了各种饮食与小商品摊点，加上人流涌动，算是成功营造出了一种节日气氛。没拍到玉兰，却不期然遇到几大树盛开的樱花，还在小摊上吃了一碗酸辣粉驱除寒气，否则无法留下来拍摄樱花。

2 月 24 号，出北三环到天回镇附近小山上的植物园。听朋友说，那园子还有些野趣，林下的草地不像公园里全是人工的，想必能遇到些野草花，比如二月蓝，比如堇菜。去了，果然有些野趣，林下的草地基本都荒着，果然有那些期望中的野草花，甚至还看到几朵悬钩子的白色花开在山茶树下，只是都还稀疏，不成气候，真正拍它们还得过些时候。园中早樱与梅花都开到尾声了，西北角上木兰园中，其他品种未见动静，白玉兰花却在十米、十几米高的树上热烈而繁盛地开放了。如今的城里，四处都是新开的道路与楼盘，新植的玉兰树都还矮小，到这里，才晓得植物学书上把玉兰列为乔木不是一种错误。在蜿蜒的山路上仰望一树树和香樟比高的玉兰花真是梦一般的情境。坐在还有些枯黄的草地上仰望天空，从繁花的

缝隙中看见天上出了太阳，云彩慢慢散开，天空不再是与玉兰花色相近的蛋青色，而泛出一点点的蓝，虽然很浅，但确实是蓝色了。这是成都春天的天空的颜色，这是大地回暖时天空的颜色，这是草木泛青、花朵次第开放的季节天空该有的颜色。那些被大树高擎着的白色花朵也带上了淡淡的蓝色。但是，手中的相机只会让我安坐片时，因为担心难得的阳光又会被阴云掩去。而当我凝神屏气，在镜头里注目那些花朵，它们更美了，一朵朵像是将要向着那淡蓝的天空飞升，顺着倾泻下来的明亮光线向天空飞升。而我无法把这些美不胜收的花朵的实体留在尘世，只是在一声声快门中，留住一朵朵虚幻的光影。

就是这样，极致的美带来怅然若失的伤感。

这是一种有关生命、有关美的深刻的伤感。

果然，阳光并没有停留太久，又被厚厚的云层掩去了。我坐下来，听到林子中被太阳晒了两个小时的枯草在嚓嚓作响。这时倒有时间可以躺下来了，但寒气又从四处逼来。而且，山下的川陕路开始堵车了。

就从那一天开始，成都又开始回暖，太阳露脸的时间一天比一天长，虽然央视的气象预报又在预报冷空气南下，全国大部分地方都将降温的消息，但是寒潮被秦岭挡住了，四川盆地依然一天天大地回春。连续几天下来，最高气温就从十二三摄氏度，升到今天的 21 摄氏度了。今天是大年十五，公历二月份的最后一天，有人送有关抗震救灾的书稿来，希望“指正”并“作序”，晤谈完毕，又去赴一个中午的饭局。吃饭是顺带，主要是去看一个朋友春节期间拍的一组大地震后羌族传统文化遗存的照片。说了许多话。因为话题是大家都感兴趣的，那些地方，也是大家都熟悉关切的。照片好，更激起了说话的兴趣。三点多钟回家，经过创业路，注意了一下路边那排三天前还全无动静的紫玉兰，却突然在阳光下盛开了。假日期间，难得这出城的马路上行人与车辆都少，便在路边停了车，一气拍了几十张片子。三天前，我还担心，今年怕是拍不上紫玉兰了，因为2号就要出发去北京开会，十几天后回来，玉兰的花期肯定过去了。边拍片子边想，真有玉兰花神吗？因为那天散步在这些紫玉兰前，还开玩笑说，玉兰花神，让你的花开放吧，不然我外出回来，它们就已经开过了，我今年就拍不成它们了。今天，这些花真的就毫无保留地、不留一朵蓓蕾地盛放了。这当然是从24号起，太阳天天露脸，气温一天比一天升高的缘故。几天之内，差不多所有草木都在萌动，人们都减去臃肿的冬衣了。尽管如此，我还是愿意想，是玉兰花神满足了我的愿望。

在二月的最后一天，夜晚，当我写下这些文字的时候，窗外的夜空里，一朵朵节日焰火正升起来。此时，塔山子公园的灯会也该到高潮了吧？如果真有玉兰花神在，她也会从牡丹园的竹篱后走出来，混在观灯的美女群中吗？那些玉兰花朵，被灯光所辉映时，又该是怎样的颜色？

【之六】

06

李

2010年3月16日 星期二
二月初一 庚寅年【虎年】
己卯月 乙丑日

那一簇簇的白花上面，
泛起雾气般的淡淡青绿。

3月2号飞到北京，阳光明亮，树影下还有斑驳的残雪。坐大巴进城，脑子里转着别的事情，眼光却不时被植物吸引。榆树、槐树、杨树，光秃的枝条很苍劲地展开在蓝色的天空下，很筋道的样子，却未看到什么春意萌动的景象。第二天会后，到北海公园沿湖转了一圈，除了东北角上一小片水面，浮着些水禽，大部分湖面都还冰封着，空气清冽——倒是在成都难得领略的。一路又难免去观察树，不要说迎春、紫荆和珍珠梅一类的落叶树木没有萌芽的迹象，就是常绿的松柏也是很枯瑟的样子，没想到后来在西门附近看到好几株玉兰倒是不畏寒意，虽然树根周围还拥着残雪，但枝头上已经起了毛茸茸的密密的花苞。这回在北京要待两周之久，应该能看到春天到来。

这么一来，一年之中，就两次经历自然界神奇的春光乍现。

与北方的这种景象相比较，这些日子，成都的春意来得多么汹涌啊！二月初，等春花次第开放还让人焦急——梅、海棠、樱、玉兰——可是一到二月底，花信越来越频密，那么多的草木，就都迫不及待地争相开放了。在城里这种感觉还不很强烈，因为城

里对所种植的草木是有选择的，要有美感，而且要有秩序——城市虽然看起来混乱，却是人类构建秩序的最大场所——让开花植物次第匀速地登场也是一种秩序，至少见出构建秩序的努力，或者至少体现了某种对秩序的渴望。好了，不能再用这缠绕的罗兰·巴特在《神话学》中常用的句式了。我要说的是，如果这样的日子去到郊外，就是另一番情形了。

2月28号，最后一次拍了玉兰，已经收拾好相机，要十几天后归来时再用了，这时却接到一个朋友电话，相邀第二天去郊外“赏杏花”。因为有个开公司的朋友承包了那里的一个山头，搞农业开发，去了不只有花可赏，还有酒、肉和田野里刚出苗的野菜伺候。

预约了下午三点左右在成南高速收费站会合后一起前往，无奈想象中郊野的花树使人迫不及待，吃过午饭就自己先去了。从东北方向的成南高速出城，去二十多公里外的青白江区的福洪乡杏花村。刚下高速，就看到杏花节的路线指引，看到“与春天第一次约会”的大招贴。“与春天第一次约会”？至少于我而言，杏花不是这一年的第一番花信，但花消息总能激荡人心。所以，边开车还听了几遍《春之声》圆舞曲，心情也像是洒上了晴朗日子的明亮阳光。车出了平原，驶入红砂壤的丘陵地带，那曲子也道路一般回旋、地貌一样起伏，轻盈悠扬。还想再听下去，却见有花树赫然出现在红砂壤的丘岗之上。

这树比城里所见更符合我本人关于树的想象：枝干蓬勃，黝黑粗糙的树皮显得苍老，而在这样的枝条上却开出了一簇簇密集的白色繁花。过去几年，我对开花植物的兴趣都集中在青藏高原植物上，对四川盆地内这些很中国的植物认识不多。站在一树繁花前就想，这就是杏花吗？从书上晓得杏所在的蔷薇科李属这个家族相当庞大：桃、李、梨，甚至樱都属于这个家族。从花的形态上来讲，这个家族共同的特征是单生花、伞形花序或总状花序。花通常呈白或粉红色，包含五瓣花瓣和五个萼片。于是，先把镜头对准了这种枝老花繁的树，在镜头中，那一簇簇的白花上面泛起雾气般的淡淡青绿，凝神观察，发现青绿来自花柄，来自还未绽开、未将白色花瓣释放出来的绿色花萼，虽然尽情展开的白色花瓣形成了主色调，但在太阳光照下，这些绿色的叶柄与花萼也发散出淡薄的光，把那些纯白的颜色晕染了，使之带上了一种更令人舒心的蕴藉色彩。这时，丘上一户人家有人走出来，我担心他们会有不友好的表示，但是，一个抱着小孩的年轻女人就那样站在那里，这家的男主人来到我跟前，说，上面还有一树比这个好看。

他还提了一个要求，我从你机子里看看我家的树。

他从取景框里望了一阵他家的开花的树，大声对上面说：真正比我们只用眼睛看好看！

我问他这是不是杏花，他摇摇头，李子树。

不是杏花节吗?

他笑了，你还没到看杏花的地方。

这人下到丘底的开着黄花的油菜地里去了。我打算去找他说更漂亮的那一树，结果，刚刚迈步便被丘上别的花朵吸引了。在那些不算肥沃的小块土地里，蚕豆花开了，豌豆花也开了。

蚕豆花很密集也很低调，差不多四方形的直立茎上，腋生的唇形花三五枚一簇从宽大的叶片下半遮半掩地露出脸来。

豌豆花稀疏却很张扬，碧绿的豆苗匍匐在地，白瓣红唇的花很轻盈，由长长的花莛高举着，轻风拂动，它们就像一只只精巧的小鸟在绿波上飞掠，或者悬停，很恣意也很随心的模样。我想，这么漂亮的花形与姿态，值得它们这样得意洋洋地让我看见。而在二三十米的丘下平地上，金黄的油菜花田中，蜜蜂们欢快的嗡嗡声竟传到我耳中。

更出人意料的是，在这些地块之间的小路上，看到了野花开放！先是零星的二月蓝，四片蓝中透紫的花瓣构成规整的十字形，然后看到紫堇成片开放。一丛丛深裂的羽状叶青翠娇嫩，捧出了一串串自下而上渐次开放的花朵——植物学上把这种花束叫作总状花序。这些地上的草本的花，差不多让我把高树上的李花与杏花都忘记了。太阳把空气和脚下的土壤晒得暖烘烘的，我坐下来，很安心地和这些花草泥土待在一起，嗅到了被花香掩住的更绵长持久的草味与泥土味。要不是手机叫唤起来，我会在暖阳下坐很长时间。如果说花香叫人兴奋，青草与泥土的味道却叫人安心。但是，朋友们已经超过我到了目的地赏杏花了，催我赶紧。

起身赶到目的地，开花的杏树站满了好几座高低不一的丘陵。说实话，有了前面繁盛的李花打底，就觉得眼前的杏花不甚漂亮。来前做过一点功课，包括在百度上看了有上百张杏花照片，也是一树树繁盛耀眼。但眼前这些杏树却不是这样，多站一会儿就看出了缘故。这些杏新栽下没几年，都还低矮，而树冠经过不断修剪也不可能尽情开展。它们首先是为了结果而生的，观赏花朵只是一种附加价值，对于这些成群的、高矮与间距都大致整齐的杏树来说，花只是因，雄蕊向雌蕊授了粉，子房受孕膨胀而成的果才是果。不过，如果不从整体效果着眼，这些树上略显稀疏的花还是相当美丽的，这些白花是白里透红的，白色花瓣被紫红的花萼映出了浅浅的红晕。这也就是跟被绿萼映绿的李花的明显区别了。我不敢肯定这是不是一种普遍现象，但我暂且就这样来区别李花与杏花吧。

这些年，城里还有另外一种叫红叶李的观赏树种大量栽植。这些日子，差不多就两三天时间，在公园里，在新拓的马路边，红叶李萌发两年以上的枝条上都已开满了细碎而繁密的白花。道路边的树比果园中的修剪得还整齐，但在公园中，还能看到这种树很自然地生长，花很繁盛地开放。和刚刚观察过的李花相比，红叶李花的形态更与杏花接近，近看花瓣白色，

远观却透出淡淡的红色，也是因为紫红嫩叶、花柄与萼片辉映造成的视觉效果。

在浣花溪公园中，离那几株未经修剪、花因此而开得十分欢实的红叶李不远处还立了一块木牌，回答了人们心里可能产生的一个疑问：既然植物靠叶绿素进行光合作用，那么，红叶李这些紫红叶子会不会进行光合作用呢？木牌上的文字告诉我们，即便是红叶李这样紫红的叶子中还是有叶绿素存在的，和绿叶树一样可以进行光合作用。

也是在这个公园的西南角上，一株红叶李上还斜伸出一条比红叶李本身的枝条更粗壮更黝黑的树枝，上面开满了白中泛绿的繁花，正是去青白江的路上农民教我确认的李花。显然，这一枝是嫁接上去的。红李叶的枝条蓬勃向上，而这一枝，却横斜出来差不多伸到了人行道上，引得游园的人驻足称奇。其实，嫁接是一种很古老的园艺技术。在北京开会，白天讨论严肃的问题，有时候讨论的气氛甚至比问题本身更严肃，晚间上床看闲书调剂一下，其中一本叫《植物的欲望》，作者迈克尔·波伦。其中很有意思地谈到植物怎么样引诱人去驯化它们。其中有这样一段话："对植物真正的驯化一直要等到中国人发明了嫁接之后。"而且，作者还指出了具体的时间，"公元前 2000 年的某个时候，中国人发现从一种树上切下来的一段树枝可以接到另外一种树的树干上，一旦进行了这种嫁接，在接合处长出来的树木上长成的果实，就会分享父母的那些特征。”嫁接后长成的果实我们当然已经吃过很多，但在这里，想说的是，我看到的那条枝上的李花，却还跟我在农家地头看到的一模一样，并没有把两种不同的特征混合而产生一种新的李花。

转眼在北京就待了两周时间，并未见到春天到来的迹象，报上说，本该在本周末结束的供暖时间将要延长。前些天经历了一场漂亮的雪。那天，在前海和一个老朋友一个新朋友小饮聊天，饭罢出来，见湖上的冰面已铺上了一层薄雪，在城市朦胧的灯光下闪烁着微光。小雪飞扬中散步回饭店，经过一个胡同，遇到了一个好听的名字：棠花胡同。那些老院子中的海棠树在雪中耸立着，不甚明亮的路灯，照着枝干苍劲的老树，还有飞舞的雪花，还有狭窄深长的巷子，仿佛某种记忆、某个似曾相识的梦境。

昨天，将要离京的夜晚，雪花又开始飞扬，白天也一直下着，直下到午后我们到达机场。而在两个半小时后，走下飞机，在成都等候着的却是一场雨。气温 13℃的情形下，那雨下起来就显出朦胧的美感来了。进城的路上，看到桃、垂丝海棠、迎春和紫荆都开得很热闹了。树影下的草地上，鸢尾科的蝴蝶花也在零星开放。

成都的春花开得我写物候记都有些应接不暇了。

【之七】

07

梨

2011年3月19日 星期六
二月十五 辛卯年【兔年】
辛卯月 癸酉日

闻道郭西千树雪，
欲将君去醉如何。

【唐】韩愈 《闻梨花发赠刘师命》

依我个人的趣味，在同属蔷薇科的春花中，以为梨花最是漂亮。

虽然，成都城里并不容易见到梨花，但在《成都物候记》中，最终决定还是要写一写梨花。梨树虽是人类成功驯化的植物之一，但还没有驯化成一种仅仅只提供花的观赏性而不结果实的那种纯粹的园林植物。也就是说，梨在这个世界上，虽也年年开放洁白如云的花朵，但还会结下累累的香甜果实。在今天，我们的城市中，任何一种结出甜蜜果实的植物的出现，肯定是对市民道德水准的一个巨大挑战。所以，园丁们只植下那些只开花不结果的树站立在身边。至于那些引诱我们时时想伸手的，又会于伸手的同时自感道德危机的果树就自然只能生长在城外乡下了。当然，这只是我兴之所至的推测，之所以这么想，是因为相信中国园林并没有成文或不成文的规定，有甜美果实的树不能进城。

现实的情形是，梨树虽然花朵胜雪，繁盛时漾在半空如云如雾，更能装点我们的生活，园丁们也不大会给它发放入城证，让其摇着满枝果实让脆弱的人性接受残酷考验。

我并不是为写这篇小文章才绕出这样的想法。几年前，去美国科罗拉多州立大学，和我小说的英文译者讨论长篇小说翻译中的一些问题。大学所在地是一个宁静的小城，叫波德。一下车就闻到满城的果酒发酵的那种味道。后来发现，是好多街道旁栽着苹果树。秋天，洛矶山上的草已经泛出金黄。一阵风来，树上的苹果就被摇落到树下，躺在草丛中慢慢腐烂，使这座小城的风中充满了果酒的酸甜香味。每天，讨论完小说翻译，就在这种香气中步行观赏异国风景。有一天，终于忍不住问主人，为什么没有人采这些苹果，结果得到一句反问：那小鸟们吃什么？再问，专门为小鸟栽的？答，也不尽然，春天可以看花。有些时候，中国人喜欢嘲笑外国人傻，这个事例可能也可作为佐证之一。去年十月，在瑞士一个叫佐芬根的小镇短住几天，看寄居的主人去超市买苹果，而屋后的小山上，苹果树下一样落了满地苹果，我也就不问什么了。最近在罗马，常见街边树上挂着黄澄澄的柠檬与橙子，也觉得非常好看——挂果的树与开花的树相比，也自有一种特别的美感。但这并不是本文的重点。我只是有点遗憾，为什么结果的树就不能站在我们城市的中间，散布比花香更为持久的果香？

我这个人性子慢，在物质上能得好处的地方，一向不大能得手。但在买房子居住这一项上，却自以为碰上了好运气。不独楼下和周围几幢楼共拥了一个宽大的中庭，和中庭中许多的花草树木。更和业主们另外拥有一个不太大也不太小的业主公园。而在这个公园西北角上，和蜡梅和红梅和海棠和樱花和玉兰一起，居然还有几株梨树。梨树得以在此生长，也是因为这个地方并不太公共的原因吧。春天，就可以在树下草地上，仰望衬在天空底下繁盛如云的梨花。翻检照片，去年3月16日，我在业主公园中拍了几张梨花盛开的照片。然后是3月18日，又有几枝梨花拍于城北的植物园。记得当时是为找一种叫二月蓝的草花，却在植物园中发现几株苍老的梨树。那天，坐在树荫下，望着开花的梨树出神，是要忘掉古诗中“雨打梨花深闭门”“寂寞空庭春欲晚，梨花满地不开门”那些强烈暗示的情感路径，自己来发现梨花的美丽。

梨花的白是一种真正的纯净的白，原因在于它相较其他蔷薇花更厚一些的花瓣。白色花瓣太薄，就会被花萼的颜色所映照，白色中便渗入了别的色光。杏花的花萼是棕红的，花瓣便白中泛红；李花花萼为绿色，白光中便泛出如玉的绿来。梨花被长长的绿色花柄举起来，相较花冠显得狭小的萼片的绿色就无法透过厚实的花瓣。于是，眼前五枚花瓣组成的花冠便只是一片纯净清洁的白色了。这白色还有一个特别之处，就是不像别的白色花那样反射阳光，而是吸收着阳光，使那白色变成了一团凝固的光。十朵二十朵由长长的绿色花柄托举着，簇拥在枝头。而这如丝如玉的白中，还有非常漂亮的红色点缀。花将开未开之

时，花蕾松动开了，就要绽放的花蕾边上晕着一线浅浅的红。花朵盛开了，散发隐隐的香气了，引来蜂蝶了，白色花冠中心簇生的雄蕊上，花丝顶着一点一点的红色花药。难怪古人写梨花都会有些油然而生的惆怅——面对过于美丽的东西，人很容易会生出对造物神奇的感叹。古希腊的天神宙斯说过："只有短暂易逝的，才被我造得如此美轮美奂！"

仿佛是为了增加人的这种感慨，梨树自己也来制造苍老与娇美的强烈对照。和蔷薇科的其他在春天盛放的品种相比，梨树的枝干又最为虬曲苍老。最显眼的，是梨树厚厚的树皮，黝黑，深深龟裂，主干如此，分枝也如此，更显出枝头花朵娇嫩脆弱的美丽。一个德国植物学家说过，花是人类情感最古老的信使，让我们在观赏的同时看到自己情感深处的秘密。梨树就是这样，从最显老的枝干上，捧举出最纯净娇美的花朵，让人深味生命的秘密——让人的情感在欣喜的同时又感到悲伤。

去年没有抽出时间去郊外看看梨花。成都附近，春天里，每年有好几处都以梨花节为号召，吸引城里人去春游。今年春天，便时时留心郊外的梨花消息。韩愈写过一首诗《闻梨花发赠刘师命》，其中有这样的句子：

闻道郭西千树雪，
欲将君去醉如何。

但是，今年，成都周边好多以花为主打的节都一一推迟了，也就没有听到“郭西千树雪”的消息了。梨花迟迟不开，还一日日在倒春寒中阴雨不断，因为该死的一部电影，北京和杭州催促前去的电话不断。便在3月17日，奔成都的“郭西”（其实南）新津而去。那个地方，是王勃诗“风烟望五津”中的五津之一。过去的岷江古渡上已有一座宽阔大桥。过桥下高速，那里有条梨花沟，每年梨花开遍溪涧，和溪涧两边的丘峦，是成都人看梨花的去处之一。明天就要出门去电影筹备组，行期不可再推，等再回成都，梨花花期肯定是过去了。只好今天去碰碰运气了。出城，上高速，下高速，进梨花沟。阴沉的天空云缝渐渐裂开，漏出越来越明亮的太阳光，但进了山沟，梨花却还沉睡着。远远看见几树白花，披荆拨棘，走到近前，却是几株李花。且喜天放晴了，一树树李花也让人兴奋不已。累了，坐在松软的地上，享受暖烘烘的阳光里越来越浓重的青草与黄土的味道。又见身边许多黄色的蒲公英与苦荬，还有蜜蜂在嘤嘤吟唱。然后，去一户农家院中喝茶吃饭。仍然不甘心，向主人打探梨花的消息。主人手指屋后的小山。上小山，先看见一株盛开的桃花。走近了，却是一株塑料的假花。周围苍老相的梨树花蕾还被绿色的花萼紧紧包裹着。我站在假花前哑然失笑。再向上望，这一回，在最向阳的坡顶看见了几树白花。不是李花。李花更稠密，更细碎，更如雾如烟。上去，果然是几株早开的

梨花。纯净的白色花瓣全数打开，花朵中央，顶着红色花药的雄蕊环拥着绿色的雌蕊。嘤嘤的蜜蜂声中有浅浅的花香四散。

这天，我看见了这一年最早开放的几株梨花。时间是 3 月 17 日，正好是去年两次在城中看到梨花的 3 月 16 日和 18 日这两天中间。只不过，去年这时候，梨花已经盛开，而今年，在去年拍到梨花的小公园里，那几株梨花还杳无消息。

【之八】

08

苹果属海棠

2010年3月21日 星期日
二月初六 庚寅年【虎年】
己卯月 庚午日

我们都呼吸着这种雄性的
细致的烟尘。

【美】萝赛 《花朵的秘密生命》

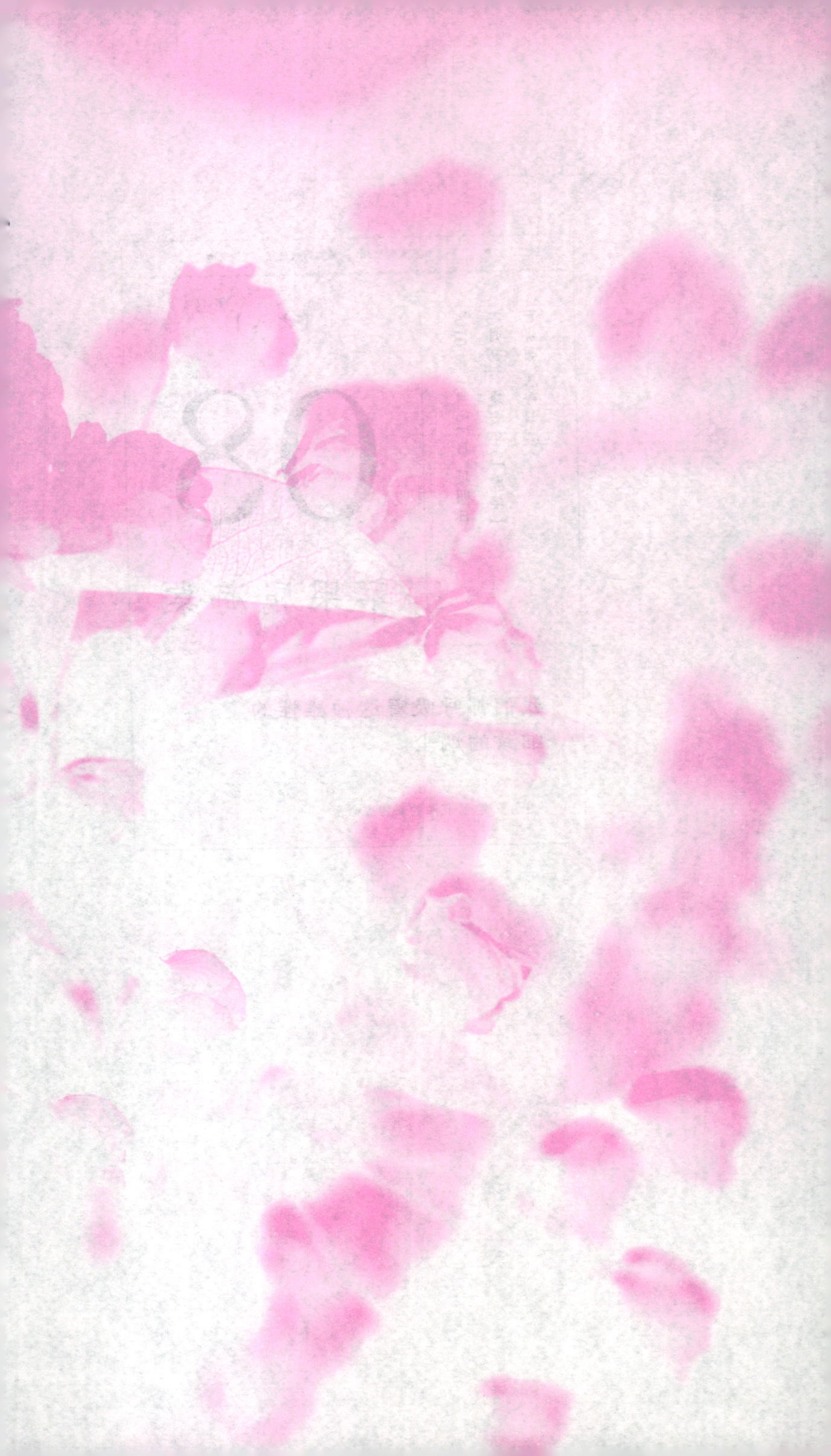

先得说说植物学的专门词，又不想抄植物学书上的定义，就以我的理解来说吧。好在如果说得不恰切，也可以预先原谅自己，说我不是植物学家。也怪吾国的植物学家，何不多对大众说些通俗的话。

就我理解，这些专门词就是方便把所有植物分门别类的一种命名。植物是生命，所以，首先要将其从地球上所有生命形态中分别出来。这个大分别叫“界”。我已写或将写的开花的草木都属于“植物界”。

界下又分出“门”：裸子植物门和被子植物门。通俗地说，被子植物就是明显开花的植物，这是植物界最大的类群。这门类植物开花后所结的果有果皮和果肉包裹着种子，所以叫被子植物。这么一说，裸子植物是什么也就清楚了，就是所结的种子没有皮肉的包裹。在如今的地球上，裸子植物数量不多，就苏铁、银杏和松柏三类。

门下还要分“纲”。什么意思呢？在野生状态下，植物靠种子繁殖，当它们的芽拱出地面，萌发成的最初叶片叫子叶。说也奇怪，被子植物数量众多，长成后彼此间也千差万别，但无论是草本还是木本，无论是乔木还是灌木，子叶一律两类：一片，或两片。一

片的属于“单子叶植物纲”，自然，两片就该是“双子叶植物纲”。

纲下是“目”。这个概念有些难缠，没有太明显的标识，理论上说，“目”的级别比“科”高，但以我读植物书和网上查询的感觉来看，人们常常习惯于跳过“目”，而直接说“科”。以前说过的贴梗海棠，今天要说的这两种海棠都属于蔷薇目。这个目下面有好些个科，共有的特征是花开五瓣（人工培育后花瓣繁复者不计），其中最为我们所熟知的就是蔷薇科的植物。所以，人们很多时候直接就跳过了目，而说蔷薇科。这一科可是一个大家族，全球共有3000多种。中国有1000多种，这1000多种又分为53个属。

这种分类法当然是作为现代科学从外国传进来的，古代的中国，没有这么缜密细致的科学。所以，看古典诗词里写海棠，都笼而统之，不会具体说写的是哪一种海棠。李商隐没有说过，苏东坡也没有说过。今天，我们要再来分别他们所咏者为何种海棠，总是有些困难，要猜测，要费些思量。据说，中国古代有一本植物书叫《群芳谱》，分海棠为四“品”——也就是四种的意思。这四“品”分别为贴梗海棠、木瓜海棠、西府海棠和垂丝海棠。这四品都属于蔷薇科。

科下面还有“属”，这四品海棠在植物学中就分别为两属：木瓜属（贴梗海棠和木瓜海棠）与苹果属（西府海棠和垂丝海棠）。也就是说，蔷薇科下两种海棠的特征与木瓜相像，另两种却与苹果更为相像。都是木本的海棠，彼此间的相像度反倒低于了木瓜与苹果，更不要说，在中文里还有几种也叫海棠的草本植物，和这些木本海棠连这么一点亲戚关系都没有了。如果硬要说有，那也太遥远，大致比人和猿的亲缘关系还要遥远。

这些日子，曾经开了个满城的贴梗海棠已凋零殆尽，硬枝上早就长满了嫩绿的新叶；木瓜海棠没有见过，或者见过却不认识。倒是离开两周后，从下雪的北京回来，见西府海棠和垂丝海棠已经盛开了。开车穿行城中，街道的隔离带上白中透红与粉中泛白的繁花盛开，一树树从车窗外一晃而过。那种细心规划计算过的空间，需要树木装点，却又不允许树木尽情伸展。

我和所有人一样，当然喜欢这城中四处都有植物，都有开花的植物，但会进而更喜欢植物以自然姿态出现在眼前。而且自己家楼下就有这样的海棠树。早上太阳刚露头，我就拿着相机下楼，院子二号门旁，水池边那两株垂丝已经红光照眼，但一面贴墙，一面临着水面，让人无法近观，更无法通过相机镜头去凝视，去观察。便又移步小区公园内打探，观景桥边那几树垂丝海棠简直开成了一堵粉红色的花墙！在拍过梅花的公园深处，又见一株西府海棠所有花蕾都尽数盛开，如一团云彩浮在淡蓝的天空之下。

通过取景框屏息凝神看那些花朵，于是，周围的

世界就消失在那个方框之外了。只有花朵，将开的花朵、盛开的花朵，在初升太阳的照耀下幻变着光彩。直到该去单位的时间了，才收拾起心情，将自己塞进车里，汇入了滚滚车流中间。

下午，接到去韩国做文学交流的邀请，发现护照过期，去公安局排号申领。事毕出来，走清江路时见一路车流的尽头参差楼群后的天空中，一轮夕阳温暖金黄，就想真是春天了。成都的春天很美，首要之处不在百花竞放，而在一冬的阴霾散开，常常有了艳阳与蓝天。这么想着，已经下意识把车开进了省博物院，取了相机就进旁边的公园去看海棠。一路看见，玉兰到了尾声，水边垂柳绿绦柔软摇荡，黄色的迎春垂岸而下，把绿水映得发亮。相伴而开的，还有同样明黄耀眼的棣棠。桃花开了，李花开了，榆叶梅开了。但我直奔记忆中曲径旁有成片海棠的地方。

是的，它们都盛开了，都是苹果属的海棠：西府海棠和垂丝海棠。

看见在花树下互相留影的女子，总要拉下一枝来横在胸前，总要伸着鼻子去嗅，因为没有嗅到想象中浓烈的香气，脸上有种不肯置信的表情。其实，花有香气，或有颜色，或有蜜，就是要引诱昆虫或飞鸟来帮助传播花粉。没有香气不过就是不需要某些外媒来传粉的意思。也就是说，不是每一种花都需要散发香气。花吸引飞鸟、蜜蜂、蝴蝶和其他昆虫传粉，除了香气，还有颜色、花蜜和形状。鸟与昆虫都是需要酬劳的媒婆。但是自然界也还有一个不计报酬的，做了好事都不知道的媒婆，那就是风。风摇落花粉，风扬起花粉，风吹送花粉，把花粉变成一阵甚至有些呛人的烟尘。美国人萝赛在《花朵的秘密生命》中这么写花粉："我们都呼吸着这种雄性的细致的烟尘。"风就这样把这一朵花雄蕊上的花粉（精子）扬撒到另一朵花的柱头上，使之受孕，帮助植物解除近亲繁殖的风险。

现在，我眼前这些没有多少香气的西府海棠与垂丝海棠，花朵的颜色与姿态，其美丽确实难以言喻。而且，不断有蜜蜂从这一朵花飞向另一朵花，蝴蝶也飞来了，它们多毛的双脚上花粉都粘成了粉色的小球。那个美国作家萝赛还说过：如果我们只从生物学的意义上来观察植物，那么，路过那些萼片与花瓣尽情展开，大胆暴露出雄蕊与雌蕊的花朵时，我们都应该感到脸红。虽然说花开并不是为了让人观赏，因为花出现在地球上已经两亿多年了，但人类才出现多长时间？但人又确实在观赏花，而且还做了很多工作，让很多花变得更适于人观赏。

那么现在就忘记植物学吧，观花就是这样，需要适度地懂一点植物学，但当花成为一个审美的对象，比如现在，当一株满枝都是红色花蕾的垂丝海棠和一株盛开着白色花朵的西府海棠并立在一起相互辉映的时候，就应该忘记植物学了。

西府海棠或者较早开放，或者有更快的开放速

度，花朵已经尽数展开了，三五朵一簇，构成聚伞花序，密密地缀满了枝头。近看，如玉如缎的片片花瓣上泛出阵阵红晕，仿佛美人脸上匀开的胭脂。不由想起一个词：海棠红。

垂丝海棠花瓣软柔如绢，花蕾与刚开的花红得深一点，盛开的红得浅一点，垂在长长的青中泛红的花梗上轻轻摇晃。那些花朵，所有粉白都从一派粉红中轻泛出来，不只是每一枝，而是每一朵，那粉白与浅红的幻变都莫测而丰富，就是同一朵花，每一片花瓣，那粉与白的相互渗透与晕染都足以吸引人久久驻足，沉湎其间。自然之神就是这样一个随心所欲的调色大师。这些色彩精妙幻变的花朵，让人想象自然之神也许有比我们更细致、更丰富、更自在的情感。表现这些颜色，文字其实是无能为力的，也许好的音乐更接近那种自由与丰富。其实，最有力的表现就是这些颜色它们自己，这些花朵它们自己，又喧闹又安静，在春天，在成都越来越明丽的蓝天下面。

【之九】

2010年3月28日 星期日
二月十三 庚寅年【虎年】
己卯月 丁丑日

09

紫荆

风吹紫荆树，色与春庭暮。
花落辞故枝，风回返无处。

【唐】杜甫《得舍弟消息》

六天时间下来，看看里程表，将近两千公里。

去了趟川滇交界的金沙江边，看到了那边天旱的景象。草几乎全枯了，海拔三千多米那些地方，箭竹也一片片枯死。扎根深的树，还绿着，虽然绿得有些萎靡，但该开花的还是开出了满树繁花。看见了红色的木兰。看见高山杜鹃，因为干旱，那些肉质肥厚的叶片都很干瘦，也失却了叶面角质层上晶莹的蜡光，即便这样，还是捧出了一簇簇顶生的粉红色的花。只是，近看时，那些花瓣因为缺乏水分干涩不堪，光彩黯然，让人都不忍举起相机。我便提醒自己，观花不是我此行的主要目标。乡间道旁，五色梅依然在尘土中顽强开放。林下，干涸的河道，未播种的地头，肆行无忌的紫茎泽兰无处不在，开着满眼干枯的白花。听当地人说，过了江，继续南去，怕是再顽强的花都难以开放了。

从准备写作《格萨尔王》以来的三年多时间里，时常在川藏交界的金沙江边行走、访问、感受。去年出了书，不想似乎还缘分未尽，这次又特意到下游川滇交界的地带行走一番。为什么呢？我不确定，大概跟未来的写作计划相关。在高峰列列耸峙、河谷条条

深切的这一地带，在清末，在民国时代，曾经上演许多悲壮纠缠的活剧，过去那些头绪纷繁的故事面目正日渐模糊不清，但余绪悠远，一直影响到今天的族群、文化与政治格局。我不知道，自己是不是已经准备好了，要一头深扎进去。之所以这么说，是因为我在犹豫。

其实，抛开这个沉重的话题不谈，这么些年来，我对于植物的兴趣，就集中于青藏高原与横断山区，只是去年生病，体力不行，一时手痒难耐，才来关注所居城市的植物，内心里真正向往的还是西部高原。但既然做了这件事情，也该有始有终。毕竟，身居这个城市，这个城市的一切并不是我以为的那样与自己没有太多关联。

昨天，不，是从前天，行经的那些干旱许久的高山深谷天变阴了，有零星的雨水降落了。稀疏的雨水中，飞舞的尘土降落下来，一直被尘土味呛着的嗓子立即舒服多了。行走在路上，仿佛能听到干渴的草木贪婪吮吸的声响。昨天黄昏，回程中翻越一座高山，先是漫天大雾，继而飞雪弥天，能见度就在三五米内，增加了道路的艰险，但想到这些湿润的饱含水分的雾气会被风吹送，去到山的背面，翻过一列又列的山，给那里干渴的村庄与田野带去雨水，心里还是感到非常高兴。

成都真是一个自然条件得天独厚的地方，前一两个月，北方寒流频频南下，横扫北方与东南，但隐身于秦岭背后的四川盆地却独自春暖花开；当南方高原干涸难耐，盆地中的川西平原却还有细雨无声飞扬。这不，离成都还有两百多公里，还在从高原上那些盘旋不已的公路上往盆地急转而下，手机响起，是成都郊区青白江的朋友说，那里樱花节开幕了，请我去聚聚，顺便看看樱花。

越靠近四川盆地，道旁的草木就越滋润，不时有树形壮大的桐树与苦楝开满繁花，撞入眼帘。这一来，眼睛真的就舒服多了。

正因为此行看够了干枯萧瑟，早上起来就出门去看盛开的鲜花。

特别要去看几树此行前已拍过的紫荆，它们可能已经凋谢了。

紫荆是很早就开在身旁的。十年前住在另外一个小区时，楼下围墙边就有几株。每年春天，暖阳让人变得慵倦的日子，就见未着一叶的长枝上缀满了一种细密的红花。

那种红很难形容。上网查一下，维基百科有直观的色谱，给了这种红一个好听的名字：浅珍珠红。对了，在太阳下，这些密集花的确闪烁着珍珠般的光泽。但那时的印象就是围墙边有几树开得有些奇怪的花，那么多细碎的花朵密密猬集，把一条长枝几乎全数包裹起来了，但就没有移步近观过。我想，这也就是大多数人对于身边花开花落的态度吧。也询问过这花的名字，“花多得把枝子全都包起来了，就像蜜蜂

把蜂房包裹起来了一样。”问得并不认真，答的人也多半心不在焉，“也许……大概……可能……”不记得是不是有人真的告诉过我正确的名字了。就这样，这花年年在院子里兀自开放。

后来，我工作过的杂志挣了些钱，在郊区弄了一个园子。虽说是公共财产，但还是想尽量弄得漂亮一点。当然，就是在建筑之外的十多亩空地上多植花木。也就是这个时候，识得了这种植物名字，叫作紫荆。当时所请的花工，叫的是这花的俗名：满条红，虽然土俗，却也贴切。离开那杂志有三四年了，不去那个园子也有三四年了，那里的花该是很繁盛了吧？不只是紫荆，还有紫葳、芙蓉、含笑、樱、桃、桂、梅……也是在循时开放吧？

真正近距离观赏，还是这两三年。不止看见漂亮的花色，看见满枝密聚的小花，更看清楚了朵朵小花也有精妙的结构。五片花瓣分成两个部分，三片花瓣在上部张开，两片在下面，合成袋形，前凸出来，像某些食草动物前伸的下颚，雄蕊与子房就包裹在这闭合的两枚花瓣中间。书上说，紫荆是乔木，但在我们四周，作为一种景观植物，它却以灌木的姿态出现。也是书上说，这是因为紫荆强健，易修剪，因而不断被塑形，随意长成栽培它的人所希望的样子。

紫荆花期真长，二月底就拍过蚁附于枝上含苞待放的花蕾，三月中就尽数盛开了。今天看见整个植株，所有枝梢上心形的绿叶都尽情张开，快要形成绿色的树冠了，但那些红花还热闹地开着，至少还能在枝上驻留一周时间。

现今城里很多观赏植物不是中国的原生种，但我写这组物候记还是尽量往中国的原生种上靠。紫荆是中国的原生种，既是原生种，就忍不住要找找古人的文章与诗词是不是写过。

真是有很多诗文写过紫荆，但在那些文字中，花本身的形象并不鲜明，依然是睹物寄情的路数。那花树不过是一种兴发的媒介罢了。

安史之乱时，流离中的杜甫与家人分在“两都”（长安与洛阳），“感时花溅泪，恨别鸟惊心”，某天写了一组《得舍弟消息》四首，其四，前两联：“风吹紫荆树，色与春庭暮。花落辞故枝，风回返无处。” 紫荆是何模样与情态我们并不知道，读这些文字所能感受的是诗人对不能返回故园与亲人团聚之悲苦的深长咏叹。

中国的古典，以物起兴，成功者就成为后来者的习惯路数。“昔我往矣，杨柳依依”，后来一路写下来，大多是柳色伤别。而紫荆兴发的情绪，也有一定指向，那就是离人思念故园。有韦应物《见紫荆花》为证：“杂英纷已积，含芳独暮春。还如故园树，忽忆故园人。”

而我看见花树，就看见了树与花，只是想赞叹造物的神奇与这花具象的美，并没有唤起与古诗言及的类似的情感。这便是文化的变迁。文化的变迁重要的不是过什么节不过什么节、穿什么衣服不穿什么衣服，重要的是人的思维方式与感受事物的路径的改变，是情感产生与表达方式的改变。为什么今天有人依律或不依律写五言七言我们不爱看，端的不在于形式，而是其中一脉相承的抒情表意方式，与我们今天的心境，已有千里万里之远。

【之十】

2011年4月10日 星期日
三月初八 辛卯年【兔年】
壬辰月 乙未日

10

桃

河阳县里虽无数，
濯锦江边未满园。

【唐】杜甫 《萧八明府实处觅桃栽》

有时候，语言学也很可爱有趣。有趣之处在于，某些字与词还包含着字典词典释义之外的秘密。

比如这个字，这个作为一种植物名字的字——“桃”。

记得有本书上说，一种植物是不是本土植物，可以从名字的字数上看出来。一个字的，都是本土植物。比如梨，比如李，比如杏，等等。如果一种植物的名字是两个字，那就说明是非本土的、远来的植物。比如苹果，比如葡萄，那是更多的等等。所以如此，道理很简单。上古之时，人们开始为万物命名时，汉字还是非常简洁的。只消看看《诗经》就知道。诗句基本四字一句，其中提到的植物，真的也多以单字命名。而到了屈原们的楚辞时代，就比较繁复地洋洋洒洒了，与之相应，其中香草鲜花的名字，差不多都是双声了。“扈江离与辟芷兮，纫秋兰以为佩。”两句诗，三种植物都是双声。与《诗经》中“呦呦鹿鸣，食野之苹”已大异其趣了。

但我在写物候记的时候，很快就遇到了例外。

这个例外就是：桃。

桃。形声字。木形兆声。“兆”是大数量级的词，

表示空间感时，其意为“远”，加上个“木”就是“远方移来的树种”。那就翻老一些的辞典，也许有答案。原来“兆”表示距离。那么，这远方有多远，是哪里？也就是说，这个字产生的时候，那个本土是在哪里？回答了这个问题，一切就明白了。我们当然知道，汉字最早的产生地，是在河南。那个出了甲骨文又出了青铜器的地方。那么，这个“兆”应该不是当今中国的远方，而是那时的河南的远方。从黄河中游往西北走1000公里左右的青海和甘肃的青藏高原东北部边缘，今天中国的西北地区，这棵又开花又结果的树来自这个“远方”，今人并不以为是远方的地带。也就是说，古代在中原地区扎根的桃树，是上古时代从1000公里外的西北地区引进的，是“黄河之水天上来”的那些地方。

直到今天，在中国的西部，还有漫山遍野的野桃。去年在雅鲁藏布江河谷，闻名遐迩的美丽雪山南迦巴瓦峰下，我就曾经为漫山满谷盛开的野桃花心醉目眩。

四川盆地西部西北部边缘，就紧靠着青藏高原东部的横断山脉，可以想象，在中原地带移栽了桃树，写出了桃字的时候，这里也早种植了桃树，年年收获甜美的果实了。村前村后，“桃之夭夭，灼灼其华”，不该只是中原地区那个卫国特有的景象。但也只是一个推想。推想也需要相当的理由。成都这个地方，距今天中国西部的高山大野距离更近，人类尚未书史纪年，盆地里的人就与高地上的人时相往还。更何况，虽然那时的成都“不与秦塞通人烟”，却已发展出非常发达的文化了。三星堆和金沙考古发掘的辉煌就是明证。

因此之故，写成都物候，不写桃花简直就不合情理。更不要说今天的成都，春深时节，李花与梨花之后，东郊的龙泉驿区满山桃园，万株桃花同时盛开，已是一大盛景。

只是今天的人，居于一地而不囿于一地。去年外出，就错过了桃的花期。今年3月中旬，还城里城外四处打探桃花的消息。但这期间，北方冷空气一波波越秦岭南下。四川盆地持续低温，成都阴雨连绵。听说龙泉的桃花节也推迟了时间。这一回，在外地忙一部电影剧本，也一路看春花绽放。在以樱花闻名的北京玉渊潭公园看到非常漂亮的迎春，又在杭州看二月蓝盛开。回到成都，开车从机场进城，听广播里说，龙泉山上的桃花已到盛花期，赏花的时间只有四五天了。偏偏又遇到低温和阴雨，每天都打算出门上山，终于还是不能成行。

“船人近相报，但恐失桃花”，杜甫这两句诗似乎就写出了自己眼下的心情。当年诗圣流寓成都，草堂初成，就曾向朋友乞要桃树若干，植于堂前。有《萧八明府实处觅桃栽》为证：

奉乞桃栽一百根，春前为送浣花村。

河阳县里虽无数，濯锦江边未满园。

明府是县令的美称，公元760年杜甫在成都筑成草堂，写诗向朋友们讨要花木树苗。这个名叫萧实的县令就是索要花木的对象之一。他还另有诗《诣徐卿觅果栽》，那就是直接上门讨要了。当然，过日子并不只是弄一片杂花生树，所以，作这两首诗的同时，他还有一首诗，是向朋友索要大邑出的瓷碗："大邑烧瓷轻且坚，扣如哀玉锦城传。君家瓷碗胜霜雪，急送茅斋也可怜。"

桃树蓬勃生长，不几年，有桃树已经枝繁叶茂而妨碍屋主出入了。公元764年，有人建议杜甫伐掉门前几棵碍路的桃树。他还写《题桃树》一首委婉拒绝了：

小径升堂旧不斜，五株桃树亦从遮。

高秋总馈贫人实，来岁还舒满眼花。

理由是桃树不但结果回馈贫家，更因为明年春天还绽放满树花朵，让人心情舒朗。

桃苗栽下了，桃树开花了。用大邑白瓷吃饱了肚子，估计那时候成都人还不大聚集喝茶神聊，也不急着邀约麻将扑克，那就该要赏赏花了。怎么欣赏？移步换景。读古人诗，看花时，静中看是在树下花前，诗酒文章。动中看，或徐行，“杖立徐步立芳洲”；或泛舟，诗人们很喜欢坐船，看缓缓移动的河岸美景。还有杜甫看桃花的诗《风雨看舟前落花绝句》：

江上人家桃树枝，春寒细雨出疏篱。

影遭碧水潜勾引，风妒红花却倒吹。

今天，要如此赏花已很困难。一来，水难看且难闻；二来，水上所见，多是挖沙之船。更要紧的是，城中所栽，已经不是春华秋实的品种，而是经人工培养而花朵非常繁复的碧桃，花瓣繁复到无以复加。只有紧紧挤在一起的皱巴巴的花瓣，难见雄蕊尽情舒张，子房躲在下方，等一阵风来，一只蝶来，摇落雄蕊顶端药囊上的花粉。植物学上，把花萼、花瓣、花蕊，几大件齐全的花叫完全花。桃所在的蔷薇科，我以为最漂亮的就是五只辐射状花瓣构成的基本形状，但那些复瓣多得过度的纯观赏性的碧桃，却把桃花最基本的美感都取消了。我私下以为园丁们以繁复为美，其实是服从一种贫困美学。从人类美学史着眼，以过度的繁复为美的时代，社会总体是贫困的——或者是物质的贫困，或者是精神的贫困。

一位美国人写过一本有趣的书叫《植物的欲望》。他在书中写道：“大约在一亿年前，植物就依赖于一种方式——事实上是几千种方式——让动物来把它们和它们的基因携带到这里和那里。这是一种与被子植物的出现相联系的进化上的分水岭，这

是一种不同寻常的、新的植物类别，它能长出炫示的花朵，形成大大的种子，其他的物种会被吸引来散布它们。”

从这种意义上说，人也是被植物利用的动物之一。

植物用果实（种子）诱惑了人，让人类发展出农业文明。农业文明最终的目的，就是收获果实，并且为了收获更多果实而播撒种子。所以，《圣经》说，是果肉丰美的苹果诱惑了亚当、夏娃。从纯科学的意义上说，苹果和桃之类的肥硕的果实中所含丰富的维生素正是帮助人类变得越来越健康聪明的直接原因。也许，园丁们培养那些花瓣繁复，而使花朵中的生殖器官萎缩不见算是人类对于植物诱惑的一种反抗？

个人观感，漂亮的桃花，还是开在那些会结果的桃树上。因为这些桃花的构成，符合植物学对于桃花的基本描述。辐射对称花。萼片5，离生。花瓣5，离生。雄蕊多而不定数。雌蕊一。完全，简洁，精巧。

终于，4月9日中午，久阴放晴，马上开车上龙泉山去看桃花。沿着事先设计的路线，从城东出城，上成渝高速，从隧道里过龙泉山，在龙泉湖和石经寺出口下高速，可以在龙泉湖稍做休息。这一天，我在湖边看到桃花大多开始凋谢，便急着上山。往路牌上写着“桃花故里”的方向而去。路很好，平整而有着隐隐弹力的柏油路面。在这样的沿山盘旋的路上开车，可以真正享受驾驶乐趣。这段盘山道，其实就是老成渝公路。公路两边，不断出现一个个热闹的桃园。农家乐的伙计们在路上招徕过往车辆。随着山势的升高，凋谢的桃花渐少，而盛开的桃花越来越多。路边还有一丛丛亮眼的黄花，那是野生的迎春和家种的棣棠。

在一家农户门前停了车，因为他们家的桃花正开得漂亮。买一壶茶，放在桃树下的混凝土桌子上，以此获得了进入桃园的权利。虽然天气阴晴不定，空中厚厚的云层来来去去，云层中难得漏下阳光，但桃花在树上的确开得热烈而隆重，一派来自山野大地的勃勃生机，全无古诗词中那些或者轻薄或者红颜遭妒的意味。于是一面观花，一面按动相机快门。桃园的主人看有人如此爱他的桃花，自然也心中高兴，到果园里来向我夸赞自己的园子。而我对热爱自己生计的人总是怀有好感，便坐下来，一面看夕晖脉脉中盘山公路蜿蜒着越过龙泉山，看山谷的湖泊闪闪发光，一面与他闲话。闲话收成，闲话桃树品种和嫁接方式，直到夕阳西下。

下山道上，回城的看花人拥塞于途，堵车了。就后悔，还不如在桃园中多坐一会儿，和主人说会儿闲话。刚才就忘了问他，路牌上大书四个字“桃花故里”，是不是经过考证，这里真就是家种桃树的发源地或发源地之一。

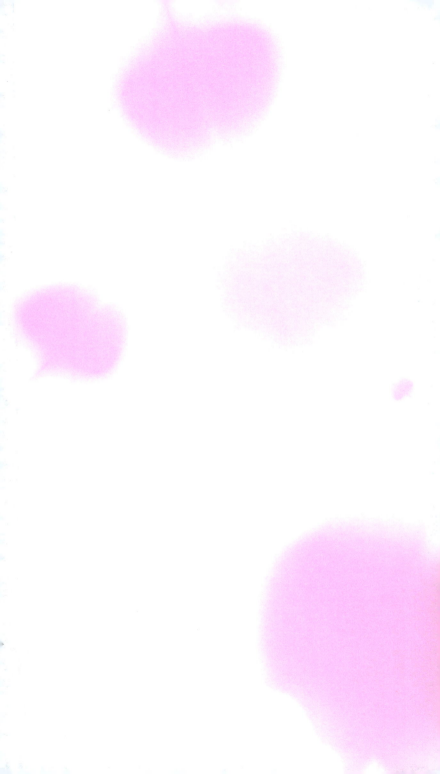

【之十一】

11

迎春

2011年4月11日 星期一
三月初九 辛卯年【兔年】
壬辰月 丙申日

它们从高处或斜欹而出，或悬垂而下，长枝上都缀满了繁密的黄花。

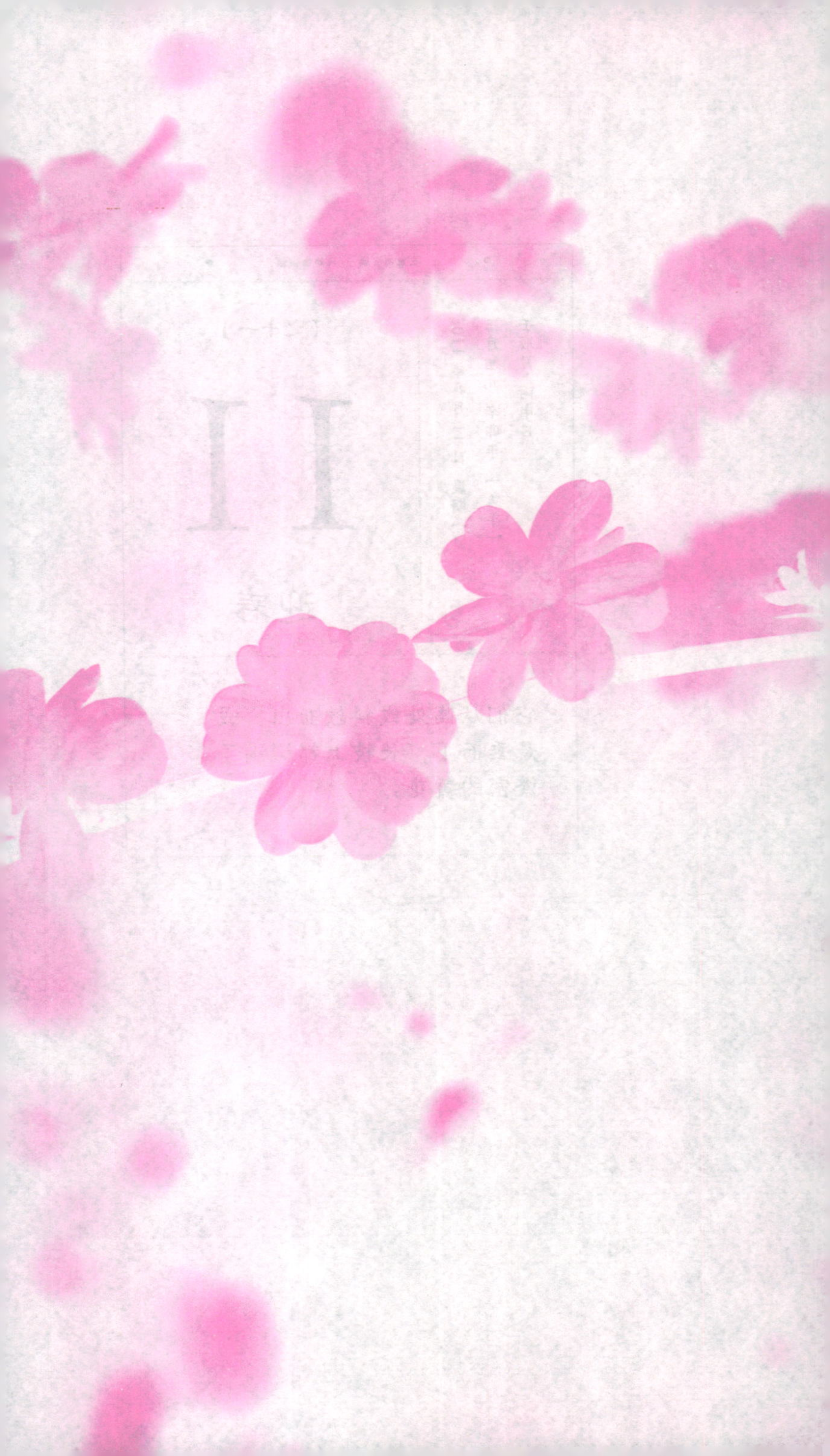

去重庆一周时间，开会，见朋友，谈天，喝酒，喝茶。

刚回成都，又参加第八届华语传媒文学大奖的颁奖礼和相关活动，在距成都几十公里的三岔湖的花岛。依然是开会，见同行朋友，谈天，饮酒吃茶。上花岛嘛，也带了相机去，不想连续两天雨淅沥不止，岛上、岛周的湖上水雾如烟。即便是晴天，有很好的光照，也没有什么可拍了。这个岛上，樱花已经到了尾声，桃花早已凋谢殆尽，满树紫色新叶在雨中闪烁的，不是自身的光亮，而是水光。只有临湖的一段高岸上，有一株泡桐，开放着繁花。樱桃树上，一簇簇的绿色果子从叶腋下探出头来向外张望。

虽然成都这个城市一年四季都有鲜花渐次开放，但春三月这么浩大的花事确乎是到了尾声了，以宽阔无边的绿色做主调的夏天将要来临。用我老婆的话："一到四月，好像一下就安静了。"

回到成都，依然在下雨，楼下花园里鹤望兰和含笑开了。城里很多地方，用作篱墙的粉红蔷薇，以及为绿廊盖顶的白色七里香也在盛开。尽管如此，更多的，更照眼的是植物的新绿。落叶树除了极少数的几

种——比如龙爪槐，都披上了繁密的绿色，常绿的草木更萌发了新一茬嫩枝与新叶，虽然雨中还有薄薄的轻寒，但春天，在我不断地离开这个城市，还未及充分体味的时候，确乎就要过去了。居停在这个城市十多年了，并未认真体察过它的春天。现今欲要去体味它，却又因自己的匆忙，更多深入细致的体味要等待来年了。这也是一种留春与惜春的情致吧？却又与古人那种“惜春长怕花开早”的心境有很大差异吧。我算是一个甘愿过自己慢生活的人，也很难如古人那般在一地一季中充分驻留。以至于想好好看看写写这个城市的花信，也因种种事务与义务，让自己落在这个城市的花事后面了。

以至于今天来写迎春，都属于补记的性质。

查电脑里的图片库，第一次看到迎春早开是正月十五（2 月 28 号），地点在百花潭公园散花楼下的河堤上。那时，从高处往下悬垂的枝条已经苏醒过来，冬日里的僵硬干涩变得柔软滋润，那些耀眼的黄花紧贴着淡绿的枝条绽放了。那天还遇到了早开的棣棠。我以为，这也是迎春，经过了人工选育培植的复瓣的迎春。误认也有自己的根据，很多花比如樱花、茶花，就在人工选育与培植的过程中，使得有着单纯美丽的花朵变得繁复不堪了。

3 月 17 日，在近年经整治而变得美丽宜人的城东沙河两岸，去看沿河盛开的迎春，又看到了和迎春处于同一生境中的棣棠，看到这种植物长出了比迎春阔大而且脉纹清晰漂亮的叶子，方才知道不是迎春。查植物志，是棣棠。也和迎春一样的花期，一样柔蔓细长的下垂枝条，一样喜欢丛生于湿润的河岸。而且，从远处看去，丛生的棣棠的花朵比迎春更加密集，团团明黄比迎春在阳光下更加耀眼。我不知道真正野生的棣棠花是怎样形态，但和迎春比起来，我不喜欢这种花瓣繁复到掩去了花蕊，而使一朵花失去基本形态的花朵。这些棣棠也是这样，近看，就见整朵花像团被揉皱了捆扎起来的薄绢，而不能呈现出一朵花的各种植物学的美感构成，以及这些构成要件奇妙天成的组合。正是因为这个原因，这个春天，几次起意要拍拍茶花，最后都作罢了。至少在这个城市，四处都有的茶花就是这个样子，一团皱巴巴的花瓣紧挤在一起，缀在枝头，了无生气，全无美感。两者相较，我还是喜欢棣棠，至少它们能把一条河装点得这般明亮耀眼，虽然不太宜于近观。

迎春就不同了，五裂的花瓣规则中也有许多的变化，黄色花冠靠近中心的地方，一条条暗红色的淡纹环列于通向子房的那个幽深通道的进口，中间，是更加嫩黄的花蕊，而且，那些细小的花蕊，还会在它们性成熟时，如护持它们的花朵一样，再次绽开。也真有复瓣的，却也没有繁复到那种无以复加的程度。

想起最近翻过两本教人观花的书。一本外国人写的，说观花时需要一些辅助工具，其中最重要的一个就是放大镜，用以细致观察花朵精妙的细部特征，特

别是花丝、花药、柱头和子房所构成的那个核心部分。连带想起我喜欢的一个美国博物学家的照片，长着马克思式的大胡子，正拿着一只放大镜端详一朵野花。本国的那一本没说这个，而是详细告诉人要穿什么样的衣服——也就是户外活动爱好者从头到脚的那一身。间接说明，在国人这里，观花这么一项亲近自然的活动，也必须贴上时尚的标签，才可能被更多的人所认同。

3月18日，去城北的熊猫基地见人，顺便到林中走走，又看到很多盛开的迎春。

其实，以上三个日子，是留下了照片的日子。那段时间在城里行走，差不多无处不见迎春。最繁盛者，除了河岸与湖边，另有一个地方，也颇见这个城市管理者的匠心。那就是四处都有的立交桥上，栏杆两边架上，都密植着迎春。它们从高处，或斜逸而出，或悬垂而下，长枝上都缀满了繁密的黄花。如果再遇到一个小晴天，车行桥上，那心情真是轻盈而明亮啊！

【之十二】

12

含笑

2011年4月22日 星期五
三月二十 辛卯年【兔年】
壬辰月 丁未日

涓涓朝露泣，
盎盎夜生春。

【宋】邓润甫 《含笑》

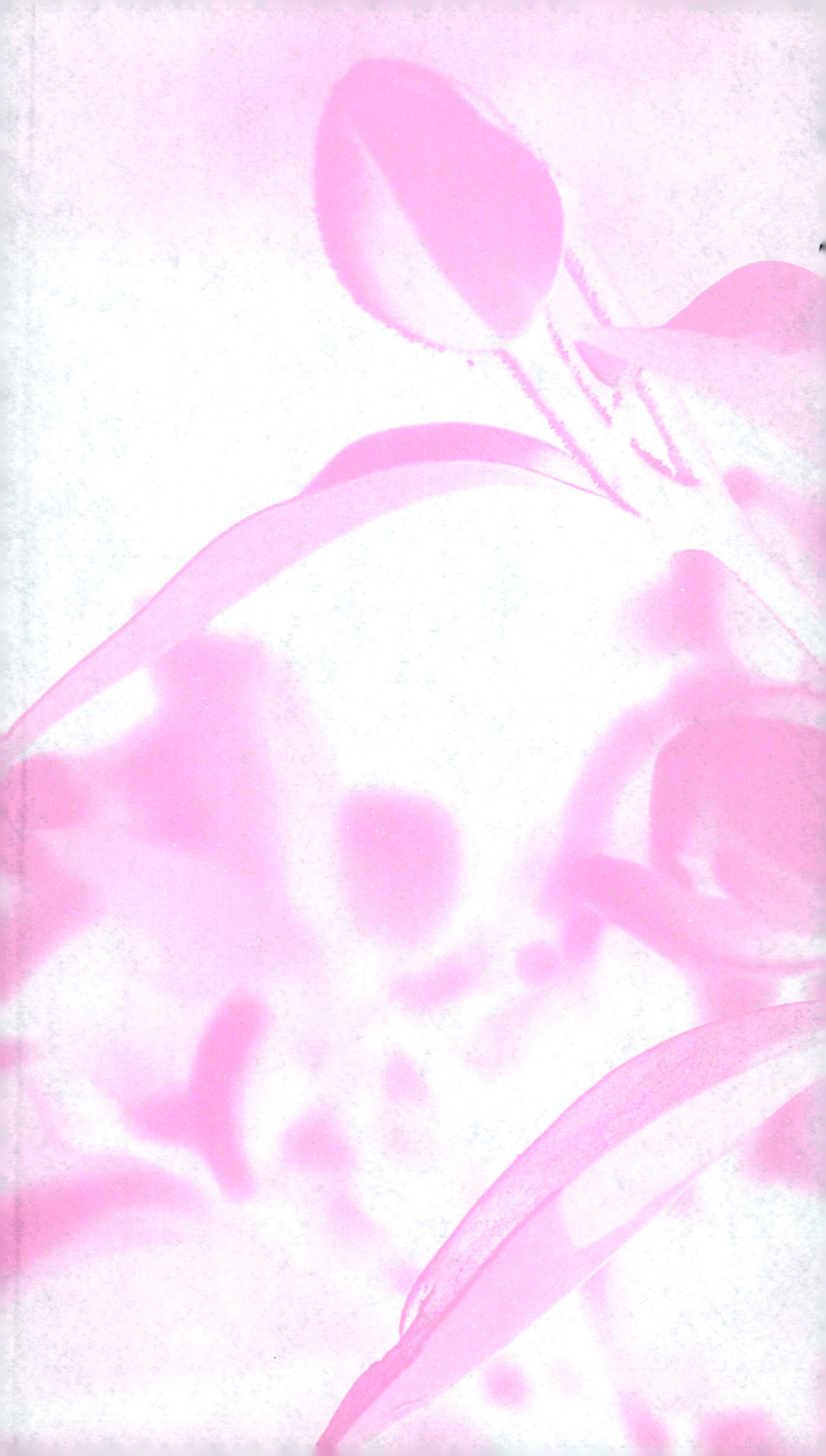

以，从三月末到五月初，不经意就闻见甜香袭来，沁人心脾。

更令人喜爱的是，此花常在黄昏时分散发着最浓烈的暗香。因此宋代诗人邓润甫咏此花：

涓涓朝露泣，盎盎夜生春。

就是说它早晨凝着欲滴的清亮露珠，夜晚则用香气渲染盎然春意。

更有名的宋人杨万里更说此花是“无人知处自然香”。因此，今天有人说此花的花语为：矜持、含蓄。

花语这种说法似乎不是中国本土文化。但我猜想，含笑这种中国本土植物，所谓花语，当不是西方人的定义，而是国人根据其特性附会出来的意义。

南宋人李纲写有一篇《含笑花赋》：

南方花木之美者，莫若含笑。绿叶素容，其香郁然。是花也，方蒙恩而入幸，价重一时。花生叶腋，花瓣六枚，肉质边缘有红晕或紫晕，有香蕉气味……凭雕栏而凝采，度芝阁而飘香；破颜一笑，掩乎群芳……

之所以对这段文字感兴趣，是因为：一则我们的古人，少有如此正面对花木形态进行描摹者；二则说明那时已经开始栽培含笑，而且是从比杭州更南的南

方移植而来（“蒙恩入幸”，就是被南宋皇帝看上）。但成都是什么时候有含笑的，还不得而知。

在网上搜关于含笑的文字，得到几句，是近人苏曼殊写在小说《绛纱记》中：“亭午醒，则又见五姑严服临存，将含笑花赠余。”而据我多年经验，国人并无折含笑赠人的习惯。想必，他将此写进文中，是出于这位多才多艺且深有佛缘的人对此花的深爱。正好架上有《苏曼殊诗文集》，翻检一遍，知道此文写于1915年。三年后，苏曼殊于35岁去世，葬于杭州。

今天，有朋友在宽巷子招喝酒，早到了，就去看那间散花书屋。因为那里常常可以得到一些说成都的书，但翻开一阵，未见说成都花木栽培的，也未见有成都文人写植物的文字。然后，喝酒，微醺，回来补写这篇成都物候记。

翻检照片，2010年拍摄含笑花开是4月4日。但那不是初开的时间。含笑花期长，所以，一蓬蓬绿叶中象牙色的花朵从开始零星开放到盛开至少有一周的时间。也就是说，在去年，含笑在三月底就陆续零星绽放了。而今年，拍下含笑的时间已经是4月20日了。

原因之一，公历是外来的纪年法，不如土生土长的农历纪年能准确反映中国的物候。原因之二，去冬严寒，好多露地越冬的植物都被冻得一下缓不过劲来。楼下院子中，有几株非土著的洋紫荆，往年虽然开花不好，且喜那偶蹄类动物蹄状的叶片形状美观，常常被阳光照得透亮，相当照眼。今年就不行了，直到今天，不仅未见新叶萌发，去冬冻萎的叶子，还一直在片片凋落。院墙外，一排高大的刺桐也是一样，往年此时，已开出串串红花，今年才长出新叶，但含笑是本土的温带植物，只管按照自己的节律替换新叶，萌发花蕾、绽放花朵。很多春花，特别是先叶开放的那一些，梅李桃杏之类，是很能造势的。没有开放之前，密集的花苞就一天比一天晕染出越来越浓重的花色，相当于一天比一天大声地发布将要辉煌绽放

的预告。

和含笑同属木兰科的红玉兰与白玉兰也一样很声张。

含笑则不同，一丛丛立在路边。阳光明亮时，它们常绿的蜡质叶片闪闪发光，显出兴奋的样子。天色晦暗时，它们也喑哑黯然。但某天黄昏或者早晨，你走过那些常绿的灌丛时，突然就会闻到一股香，一股浓烈的甜香，就知道，是含笑应时而开了。这种甜香的味道，最与香蕉的芬芳相仿。所以，有些地方这花就有另一个俗名：香蕉花。但那是比成都更南的一些地方。成都人还是叫它的正名：含笑。

闻到这股甜香，再去细看那圆形的树冠，就看见密集的枝条间，互生的椭圆形叶片下，叶柄和树枝间的那个小小的夹角上——植物学上叫作叶腋的那个地方，一朵两朵的含笑，绽开了它小小的六枚肉质花瓣。花瓣淡黄色，边缘带着紫晕。通过从花瓣中央捧出的翠绿色的穗状花蕊，可以认出它是白玉兰、红玉兰和优昙花的亲戚，植物学上属于同一科的植物——木兰科。昨天，去西岭雪山看杜鹃和珙桐，山上大雾，加上索道检修，什么都没看见，倒在花水湾镇附近村落看到厚朴正在开放。一朵朵硕大的花朵被高捧在枝顶。和其他木兰科植物相比，含笑则植株低矮、花朵碎小，而且不像其他玉兰那样同时开放，而是陆续开放，花期绵长。书上说，含笑花期可长达三到四个月，据我的观察，成都的含笑花期也一月有余，所

【之十三】

13

桐

2011年4月24日 星期日
三月廿二 辛卯年【兔年】
壬辰月 己酉日

是的，这些花朵会成灰化泥，
重新沉入土地，
成为大地蓄积的能量。

等到有空有心情要写桐花的时候，城里的桐花都几乎开尽了。

其实句子还没有浮现出来陈述这个事实，仅仅是心里一个念头，想到桐花将要谢尽，就已经很不情愿。几天前，还特意从华阳出城上了一次丹景山。根据热岛效应的说法，城外山上应该还有开得繁盛的桐花，不想城外的桐花更比城里还谢得干净彻底。山坡谷间，不只是桐花，所有在春天里该开花的树都开过了，只剩下满目的翠绿。而那绿色沉郁起来，像在暗中蓄积力量，使开花期中所有珠胎暗结的子房都变成可以期待的果实。草的生长也不再是一点点张望着、一点点地试探，它们都哗一声潮水拍岸般地醒过来，一个劲疯长。只有沟头路边，那些新翻出来的瘠薄新土中，苦荬多浆汁的茎上，细碎而有些寂寞地开满了小黄花。这个春天最早的那些花开始绽放的时候，苦荬就零星地开放了——在那些喧闹的花树下。即便在精心规划与打理的城中公园、林荫道旁，只要有一点点泥土还没被人工栽植的草与树所覆盖，也不需要谁播撒种子，苦荬菜就钻出土来，展叶伸茎，不知疲倦地一轮又一轮开着寂寞细碎的黄花。一批花凋谢了，

结成了细小的籽实，它就自己用白色花絮打起一把漂流伞，随风寻找新的落脚之地去。

就这样，苦荬会这么一轮轮一直开到秋天里去。

而这样的花我们是不会专门去看它的，我上山去，为的也是桐花的影子。但桐花确乎是谢尽了。原本想，看不到泡桐，会看到城里没有的更漂亮一些的油桐吧，结果，油桐花也已开尽了。油桐花漂亮，树形也漂亮，城里怎么就没有它的身影呢？于此，我想起了巴黎街头那些漂亮的栗子树，想起在美国科罗拉多州立大学所在的高原小城波德，街边那些硕果飘香的苹果，是因为国人“远庖厨”的那点心思，城里的树只该开花，而不该结那些可以收获的果实，不然就俗气了吗？

扯远了，还是回到正题上来吧。

原来，开始写这组物候记时，是想让这些文字与花期同步，与一个个花信同时到达的，现在却越来越落到后面了。

首先，当然是因为春深时节花信来得太猛了——简直是花潮，一波未平一波又起。再者，虽然说，在这个仓促纷繁的世界中，我算是个闲人了，但当潮头迭起的花信涌来，还是因为一些事务而应接不暇。

现在，差不多所有从早春里依次开放过来的先花后叶的植物都安静下来，自然之神会让我们稍稍静默一下，在静默中回味一下，然后，就该是那些先叶后花的树了。要不了多久，就是丁香的时节、女贞的时节、夹竹桃的时节了，还有槐花的时节。

这些年，城市绿化时引种的外来植物越来越多，城里土著植物成气候地蔚为景观的地方已经不多了。泡桐正是这渐渐退隐的土著植物之一种。如今能在城里蔚为景观，有些气象的就是府河堤上，活水公园往西北去的那一段了。

3月17号，我在那里度过了一个午休时间。

那时，树上对生的卵形单叶一片也未曾萌发，十数米高的树上，所有的枝头都沉甸甸地坠着白中泛紫的花朵。

那些花朵每一朵都沉甸甸的，质地肥厚的花自身的重量把本该是钟状的花萼压成了盘状。

如果仔细观察，花冠的构成也奇特而精妙，五裂的花瓣分成上下两部分，上部两片翘起来，退缩，又向上翻卷，下部的三片却直伸而出，就这样一部分向后退缩，一部分又努力向前突出，亮出了深喉般的萼部，是要尽力释放出其中我们未曾听闻过的声音吗？

那些花朵不可思议地硕大繁密，若干朵花形成一个聚伞花序，若干个聚伞花序相复合，又构成一个圆锥花序。把一条条粗细不一的长长树枝坠下来，深垂向堤下的河面。

是太阳钻出云层的一瞬间，所有的花都在被照亮的同时，闪烁出光华，在一段假寐般的沉静的中午，把这个城市，把府河两岸的桥、水面、路灯柱子，甚

至桥头上天天卖盗版碟的摊子都一下照亮了。好多本来对身边景物漠不关心的人在那一瞬间也被惊住了，立住脚，张望一番，这一时刻有什么不一样吗？还是原来的样子啊，水、桥、路、树，都是一样的嘛！树开花了，树嘛，当然会开一些认识或不认识的花。于是，云层又掩去了阳光。奇迹般的光消失了，一切又都回归到原样。那么多人，在那一刻，都受到了自然之神的眷顾，差一点就让内心关于自然、关于美的意识被唤醒了，但是，自然之神是从容自在的，自然之神不是政治家，并不那么急迫地要唤醒那么多人追随与服从。但我知道，我所以努力在靠近与体察，不是为了一种花、一棵树，而是意识到人本身也是自然之神创造的一个奇迹——也许是最伟大的奇迹，但终究只是奇迹之一，所以，作为人更要努力体味自然之神创造出来的其他的种种奇迹。

那一瞬间，我听到雄壮的华美的交响乐声轰然而起，我想起了康德的一句话："世界万物非瞬息之作。"

还想起了歌德说过这样的话："大自然！我们被她包围和吞噬——既无法摆脱她，又不能深入其内。未经请求和警告，她把我们纳入她的循环舞蹈，并携着向前，直到我们疲惫不堪，从她的怀抱里滑脱出来。"

哦，看见了大自然最华美亮光的人们，为什么又对这启示性的惊人的美丽垂下了眼帘？这就是先哲所说的"不能深入其内"，还是因为生存的疲惫从自然怀抱中滑脱出来了？是什么把我们变成身在自然之中，却又对自然感到漠然与困倦的存在？我们这些只能经历一次，或者说只能意识到自己一次生死的人，请记住歌德还说过这样的话："生命是自然之神最美好的发明，而死亡则是她的手腕，好使生命多次重现。"而花开花落正是我们可以历经的多次的生命重现。交响乐声是真切的。那是贝多芬的第九交响曲，我听见了最后那个乐章的雄浑合唱，那合唱曲正是歌德伟大的诗篇！

花开满树，是生命的欢乐！满树繁花映射着阳光，使晦暗的事物明亮，是生命的华彩！风起了，花香四溢，一朵朵落花降到水面，随波起伏，更是生命深长的咏叹！

今天下午两点飞深圳。

上午，在办公室跟文学院一个签约作家讨论他的小说，这是一部有着非常明显优点的小说，这个优点是与这个人的某种天赋相联系的。这是我看小说时非常看重的一个方面。同时，这部小说在叙事与布局上还有很多待商榷的地方。我与这位比我年轻的人商量。我想看看，有没有办法让这个小说变得更好。以后的结果如何我不敢预测，但我们谈得很好，好像找到了解决之道。出了办公室，这种好心情仍然还在，看看到机场还有一个小时左右的空档，便绕个弯又去了一趟府河边去看那城里唯一一处泡桐——这种土著

植物——还蔚为景观的地方。

现在，一个多月前来拍过的那些树长满了硕大的、先端尖锐的掌形叶片，已经绿荫覆岸了。但花谢得却没有城外山上那么决绝，还有零星的花朵悬在枝头。有风吹过的时候，便有一管管的白花坠落下来。盛开的时候，泡桐花是白中泛紫的，尤其是敞开深喉的那个地方，更有片片的紫斑显现。但现在，子房受孕了，环绕着子房的花朵的使命完成了，就松弛下来，从花萼处与之分开，待得一阵风来，就像一个空杯子脱落下来，当初活力充沛时的那些紫色都消失了，只剩下一些灰白色，一个蜕尽了内在精气的空壳，委顿在草间……生命的结局总是这样，有些黯淡，寂静无声而没有光华闪耀。

是的，这些花朵会成灰化泥，重新沉入土地，成为大地蓄积的能量，来年春天，让一些新的花朵绽放，让一些新的生命闪烁动人光华。

去机场的路上，就这样想着那些落花。后来，堵车，差点要误航班，一着急，就把这样的心情给止住了。四点钟到了深圳。六点半从酒店出来在深南大道散步，到处是盛放的夹竹桃、黄槐和三角梅，回来，又有了心情把所有这些都记录在案。然后，再次收拾心情，准备听取接下来的法律课程了。

2010年5月2日 星期日
三月十九 庚寅年【虎年】
庚辰月 壬子日

【之十四】

14

丁香

青鸟不传云外信，
丁香空结雨中愁。

【南唐】李璟《摊破浣溪沙·手卷真珠上玉钩》

打开电脑新建文件时就想，关于丁香有什么好说的？其实不只是丁香，很多中国的植物，特别在诗词歌赋中被写过——也就是被赋予了特别意义的植物都不大好说。中国人未必都认识丁香，却可能都知道一两句丁香诗。远的，是唐代李商隐的名句："芭蕉不展丁香结，同向春风各自愁。"就这么两句十四个字，丁香在中文中的意义就被定格了，后人再写丁香，就如写梅兰竹菊之类，就不必再去格物，再去观察了，就沿着这个意义一路往下生发或者有所扩展就是了。

到了近的，就有现代诗人戴望舒的名诗《雨巷》："我希望逢着／一个丁香一样的／结着愁怨的姑娘／她是有／丁香一样的颜色／丁香一样的芬芳／丁香一样的忧愁／在雨中哀怨／哀怨又彷徨。"

一个女人，如果有了诗中一路传承下来的某种气质，就是一个惹人爱怜的美人了——这种气质就是丁香。虽然，我们如果在仲春时节路过了一树或一丛丁香，那么浓重热烈的芬芳气味四合而来，但作为一个中国人的文化联想，却是深长悠远的哀愁与缠绵。或者怀着诗中那种薄薄的哀愁在某个园子中经过了一树

丁香，可能会想起丁香诗，却未必会认识丁香；也许认识，但也不会驻足下来，好生看看那树丁香。我甚至想，如果有很多人这么做过的话，这样的丁香诗就不会如此流传了。

抛开眼前的丁香花暂且不谈，还是说丁香诗，某种象征性意义的固定与流传，在李商隐和戴望舒之间还有一个连接与转换。那就是五代十国时南唐皇帝李璟多愁善感的名句："青鸟不传云外信，丁香空结雨中愁。回首绿波三楚暮，接天流。"

其实，丁香花并不是真就这么愁怨的，花期一到，就一点都不收敛，那细密的花朵攒集成一个个圆锥花序，同时绽开，简直就是怒放。我在植物园看一株盛花的火棘时，突然就被一阵浓烈的花香所淹没了，但我知道，火棘没有这样的香气。环顾四周，果然就见到一株纷披着满树白花的丁香！说纷披，确实是指那些缀满了顶生与侧生的密集花序的枝子都沉沉地弯曲，向着地面披垂下坠。如此繁盛怒放的花树，是怎么引起了古人愁烦的？待我走到那树繁花跟前，众多蜜蜂穿梭其间，嗡嗡声不绝于耳，我只在蜂巢旁才听到过这么频密的合唱——同时振翅时的声响。这么热闹、这么强烈的生命信息，怎么和一个"愁"字联结起来？！

但是，诗人们不管这个，只按照某种意思一路写下去，"看山不是山，看水不是水""感时花溅泪，恨别鸟惊心"，就这么一路写下来了。

所以，李璟写下“丁香空接雨中愁”时，不仅接续了李商隐的愁绪，而且请来了雨，让丁香泛出暗淡的水光，深植于长江边的霏霏细雨中了。这位皇帝还把这种写愁的本事传给了自己的儿子李煜，他写愁的诗句甚至比他爹更加有名：“问君能有几多愁，恰似一江春水向东流。”这李姓父子身逢乱世，却不是曹操父子，文有长才，更富政治韬略与军事禀赋，所以强敌环伺时，身在龙廷却只好空赋闲愁，只好亡国，只好“流水落花春去也”，只好“自此人生长恨水长东”。

这就说到成都这个城市了，李璟、李煜写出那些闲愁诗也是亡国诗的时代，也是我们身居的这个城市产生“花间派”的时代。是那些为成都这个城市的历史打上文化底色的词人们用“诉衷情”“更漏子”“菩萨蛮”和“杨柳枝”这样轻软调子的词牌铺陈爱情与闲愁的时代。

花落子规啼，绿梦残窗迷。
偏怨别，是芳节，庭中丁香千结。

看看，那时候长江南北战云密布，偏安一隅的成都就很休闲。那时，休闲的文人们还赋予了丁香爱情的意义：“豆蔻花繁烟艳深，丁香软结同心。”什么意思？一来是诗人格了一下物，看到丁香打开花蕾

（所谓丁香结），花瓣展开，这种两性花露出的花蕊，也就是雄蕊与雌蕊的组合都是那么相像——“同心”，并从此出发联想了爱情（也是同心）。但是，这么一种地方性流派审美生发出的意义，却在后来浩大的诗歌洪流中不甚彰显，因为这个地方的文化从来不能顺利进入或上升为全国性的主流，当然，李白们、苏东坡们是例外，因为他们无论是地理上还是文化视野上都超越了地域的局限。所以，后人评花间词说：“嗟夫！虽文之糜，无补于世，亦可谓工矣。”

再后来，好多很好描写了成都的诗文都是外来的杜甫们所写下的了，成都太休闲，不要说修都江堰这等大事，连写诗这样不太劳力费神的事，都要外地人代劳了。

以上，是我说丁香顺便想到的，对成都努力让自己符合休闲城市这个定位时，关于文化方面一点借古喻今的意见。

既然说了意见，索性顺便再说一点，这是有关这个城市的园林设计与道路街巷的植物布局。

人们常说，一个城市是有记忆的。凡记忆必有载体做依凭。城市最大的记忆承载体当然是它的建筑。成都与中国大多数城市一样，要靠老的街道与建筑来负载这个城市的历史记忆与文化意味是不可能了，那么，一个城市还有什么始终与一代一代人相伴，却比人的生存更为长久，那就是植物，是树。对成都来说，就是那些在这个城市出现时就有了的树：芙蓉、柳、海棠、梅、槐……这个城市出现的时候，它们就在这座城里，与曾经的皇城、曾经的勾栏瓦舍、曾经织锦铸钱的作坊、曾经的草屋竹篱一起，构成了这个城市的基本风貌，或被写进诗文而赋予意义，或者在某一深院，在某一街口，一株老树给几代人共同的荫庇与深长而具体的记忆。但是，在今天的城市布局中，这些土著植物的地盘日渐缩小，而从外地，甚至从外国引进的植物越来越多。我个人不反对这些植物的引进，比如立交桥下那些健旺的八角金盘就很美观，而且因其生长健旺也很省事。池塘中和芦苇和菖蒲站在一起的风车草也很美观。街道上一排排的刺桐与庭园中的洋紫荆也不可谓不漂亮，只是它们突然一下子来得太多太猛了，大有后来者居上的意思。

在我看来，其实没必要一条一条的街道尽是在这个非热带城市连气根都扎不下来的小叶榕，须知它们是挤占了原来属于芙蓉的空间，属于女贞和夹竹桃的空间，当然，也有一部分是属于丁香树的空间。这几日，正是丁香盛开的时节，但城中却几乎看不到成气候的丁香的分布了。一种漂亮的芬芳四溢的土著植物差不多已经从街道上消失了，退缩到小区庭园与公园，聊作点缀了。前天，被请到什邡去为建立地震遗址公园出点主意，回来路上，参观三星堆博物馆，毕了，馆主请茶留饭，在博物馆园子里，看到几丛很自在、很宽舒地生长着开放着的丁香。那里虽然在地理上还属于成都平原，毕竟是在别的行政区划的地

盘上。

还是今天，5月2号，趁假期里有大块的时间，到城北的植物园看到了几株漂亮的丁香。

出城进城，正在扩建的108国道拥挤不堪，但让人安慰或者愿意忍受这般拥挤的是，改造过后就好了。道路两边的挡土墙上，就彩绘着扩建完成后大道的美景，我就想，那时大路的两旁，会有很多的丁香吗？

真的，让这个城市多一点土著植物，因为这些植物不只美化环境，更是许多城市居民一份特别的记忆，尤其是当这个城市没有很多古老建筑让我们的情感来依止，多一些与这个城市相伴始终的植物也是一个可靠的途径。植物也可以给一个充满了新建筑的城市增加一些悠远的历史感。

【之十五】

15

鸢尾

2010年5月21日 星期五
四月初八 庚寅年【虎年】
辛巳月 辛未日

"啊，今年又开花了。"

【日】川端康成 《古城》

该说说草本的花了。

回顾写成都时令及花开的文字，发现，竟然一直说着木本的花。但在我们四周，更多的花却是草本，开在树下或林缘的草地，或者就自己一株草也可以独自圆满的地方。草本的花更普遍，更强健，随处点染着我们置身其中的环境。它们不要观赏树那么宽大的地方，不要修枝剪叶，那么精心地侍弄，小小一粒种子，哪怕落在人行道的砖缝里，只要有点泥土，有点水分，就能抽枝展叶，只要目中无草的人不去践踏，就会绽蕾开花。

春天的时候，去一所大学，在一处楼前阶梯，就见到水泥台阶的缝隙间闪烁着别样的紫色光，原来却是紫花地丁已经展叶开花。这株地丁一共花开三朵，诚恳的紫色，那样的空间里，五片花萼依然片片舒展。那天，我是去听一个考古学的讲座。这时却在成都午后那种淡淡的暖阳下想起了川端康成《古都》的开头：

千重子发现老枫树干上的紫花地丁开了花。“啊，今年又开花了。”千重子感受到春光的明媚。

而我，看到这几朵孱弱的地丁，那部优雅小说开头那优雅的话就在心头浮现了。回家路上，顺便逛逛书店，从书架上取了这本久违的书在灯下翻看。看到川端康成在小说中还有这样的话：“紫花地丁每到春天就开花，一般开三朵，最多五朵。”这样的文字，不只是安静的雅致，更有植物学的精确了。

因为花期短暂（两周左右），紫花地丁让小说家与小说中主人公在欣喜的同时又心生惆怅。而我真的很喜欢那花的样子：几片漂亮的基生叶，几朵柔弱而又沉着的紫色花。后来，还专门到城外某处曾见过它们的山坡上去，可是今年春旱，未能看到它们成片开放时欣欣然的景象。在那座一下脚就带起尘土的干燥的小丘上，它们只是稀疏地开放，在干燥的浮土中，一副灰头土脸的样子，我连相机都没打开，傻坐一阵，就下山去了。

还好，在下面湿润的溪边，在一丛醉鱼草和几株构树下遇见几朵开放的鸢尾。三月的开头，还不是鸢尾花的月份，但确实有几丛剑形的碧绿叶片在树荫下捧出了白色中透着青碧的花朵。

说鸢尾不太准确，鸢尾是一个科，很多种花构成了这个家族。我所看到的，是一种很普遍的草本的花，通常叫作蝴蝶花。成都的人行道边，那些成丛成行的树下空地上，四处都有它们的身影，只不过，我是在城外见到了它们最初的开放。十来天后，城里，四处，街角道旁，它们就星星点点相继开放了。再过十来天，它们就开得非常繁盛，在林荫下，闪烁着一片一片的耀眼光芒了。成都市区身处盆地的底部，少风，特别少那种使花草舞动的小风，不然，那些白中泛蓝的鸢尾花就真的像蝴蝶翩飞了。

四月，蝴蝶花开始凋谢的时候，另一种叫作黄花鸢尾的鸢尾——长在水中的鸢尾——就要登场了。在住家小区的二号门前，夹着通道的两个小池里，马蹄莲和黄花鸢尾一起开放了。马蹄莲那么纯净的白色映照得鸢尾的花色更加明艳。每天出门，我都要停下脚步看一看它。

如果愿意细细观察，鸢尾的花朵确实长得很有意思。一眼看去，似乎都是六枚“花瓣”，殊不知鸢尾花只有三枚花瓣，外围的那三瓣乃是保护花蕾的萼片，只是由于这三枚瓣状萼片长得酷似花瓣，以至于常常以假乱真，令人难以辨认。但细看之下，会发现，这六枚“花瓣”其实分成两层，下面的一层三片单色，没有斑纹。而上面的三片才是真正的花瓣，中央都有漂亮的斑纹。更奇妙的是，鸢尾从花心深处伸展出来与花瓣基色相同的三枚雌蕊也长成长舌状的花瓣模样，只是质地更厚实而又娇嫩。我看外国关于观花的书上，除了照相机的微距镜头，总还建议你带上一柄放大镜，这样可以细细观赏与由衷赞叹花朵这种特殊构造的美妙天成。

现在是五月，黄花鸢尾也凋谢了。

昨天下午，雨后，到府河边某酒楼赴饭局，怕堵

车而早到，便到活水公园散步。去看那些模仿自然生境中污水自净的人工设计，去看那些曲折水流与长满水生植物的池沼，去看与风车竹，与菖蒲共生一池的马蹄莲和黄花鸢尾。雨后空气分外清新，满眼的绿色更是可爱，特别是鸢尾那一丛丛剑形的叶片，但可爱的黄色花朵委实是凋零了。

就是这个时候，通常，我们就把它叫作鸢尾，或者说，就是能常将其当成鸢尾科的当然代表的蓝色花却到了开放的时节。这种鸢尾在城中并不常见，但愿意寻觅花踪的人总还是偶尔可以遇见。

这种被当成鸢尾科当然代表的鸢尾花花朵更硕大，在那三枚萼片长得像花瓣，三枚花蕊也像花瓣的花朵中，那三片真正的花瓣中央，还突起了一道冠，漂亮的飞禽头上才有的那种冠状物——而在白色的蝴蝶花和黄花鸢尾的花瓣中央，那里只是鸟羽状的彩斑。梵·高有一幅名画就叫《鸢尾花》，花朵也是蓝色的，那么浓郁的一丛蓝色花盛放着，只是用印象派的个人印象强烈的笔触，从那画面上看不清细节，也就无从知道，他画的是不是开在我们城中的这一种了。

是的，三、四、五月，这城中就开过了这么三种鸢尾花。现在，五月将尽，属于这座城的鸢尾也都要开尽了。从什么地方搬来，一盆盆摆在街心与广场的那些不算，露地生长的车轴草（三叶草）、酢浆草，也都要开尽了，但一定有新的花陆续登场。又要出门几天，先去韩国，再去慈溪，回来的时候，它们一定又开放了。

鸢尾这一科的花，我还见过两种，却都不是在成都这座城市里。一种是在天山深处的那拉提草原，叫作马兰（学名马蔺）；再一种，是在贡嘎山谷中，蓝到近乎发黑的颜色，那种调到很稠的油墨的颜色，三片真正的花瓣上，斑纹是耀眼的金色，因此得名叫金脉鸢尾。

2011年5月31日 星期二
四月廿九 辛卯年【兔年】
癸巳月 丙戌日

【之十六】

16

栀子

孤资妍外净，
幽馥暑中寒。

【宋】杨万里 《栀子花》

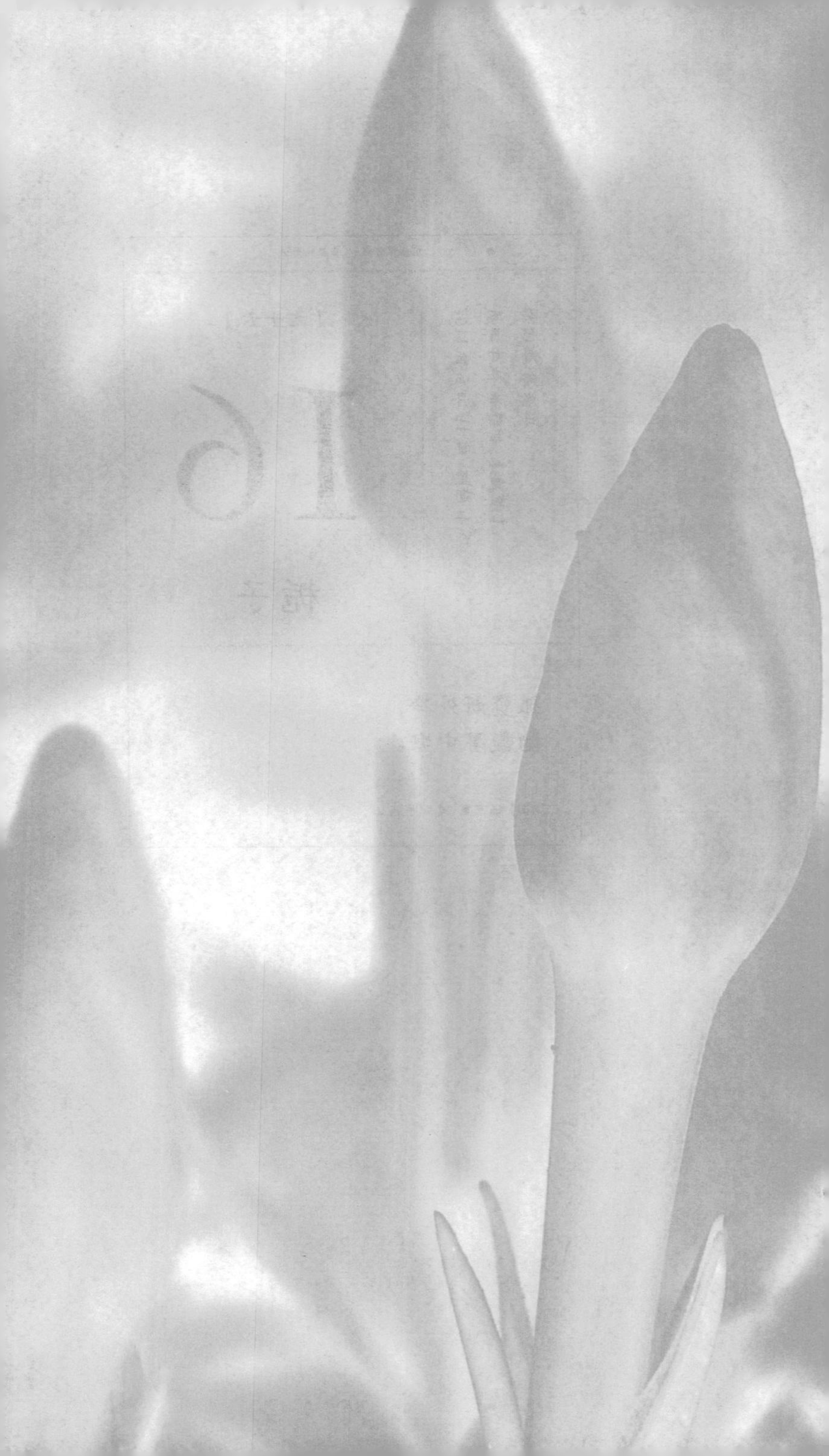

5 月 27 日。夜。

台湾有人捎了高山茶给成都的朋友。

于是就有了一顿酒。出去和这位受茶礼的朋友喝酒，阵雨刚过，带着醉意回家，脚步轻飘地穿过院子，一阵浓香袭来。我晓得，是栀子花开放了。

前两天，银杏树下半匍匐的硬枝上闪着绿光的那片灌丛，刚竖起毛笔头形状的绿中泛白的花蕾，还以为要好几天才会开放。却恰恰就在这不经意的时候，这些栀子花就悄然开放了。

杨万里咏过这种花，最恰切的那一句就是描摹当下这一刻：

无风忽鼻端。

驻足停下，也许是听到了这句诗吧，竟然凝神做了一个倾听的姿态。朦胧灯光中，真的无风，院中池塘，有几声蛙鸣，香气再一次猛然袭来。

我笑。

笑花香该是闻见的，却偏偏做了一个听的姿态。真的听见那夺魄香气脚步轻盈，缥缈而来。

拐个弯，移步向雨后暗夜里开放的栀子。在去往停车场那个小斜坡上，银杏树笔挺着直刺夜空，树下，几团似乎在漾动的白，是院中最茂密的那一丛栀子盛开时放出的光。

这些光影中，浮动暗香的，是今年最早开放的栀子花。由于灯光而并不浓酽的夜色，却因为这香气而黏稠起来。

5月28日。上午。

去年远行南非，深夜从机场拖着行李回家，一进院子，就闻见了这花香。那是6月，花香有些不同。不是现在这样的清芬，而是带着过分的甜，是果酒发酵的那种味道。

那是栀子开到凋败时的味道。

昨夜回到家里，就打开电脑，查照片档案。查到去年的时间，是6月23日。记得去年回家的第二天早上起来，迫不及待地去拍了几张照片，却只拍到几朵稀落的、花瓣已经变黄的残花。而今年栀子初开的夜晚，是5月27日。去年这个时候，正要出国去遥远的非洲之角。远行前等栀子花开等到6月几日都没有等到。那一枝枝半匍匐的绿叶间，挺起来一枚枚浅绿的花蕾，却久久不肯绽开。今年则不同，那些毛笔头形状的花蕾刚冒出来几天，就在这个雨后的夜晚，悄然绽放了。

今年，媒体上炒过一阵千年奇寒的说法，后来又都齐齐出来嘲笑这是无稽的谣言。电视上还有囤了许多羽绒服的商家因亏本，哭着谴责气象学家。但在媒体辟谣不久，冬天真的就冷起来了。结果之一，自然是差不多所有的花的开放都比去年要晚，偏偏这栀子却早于去年开放。

回到家里，第一件事，给相机充电。早上醒来，却见天一味阴沉。到了11点，天还不见晴，只好拿相机下楼，拍了一阵。并试了试一只新买的镜头。这只80mm—400mm的变焦镜头，本来是准备盛夏时上青藏高原时好拍那些够不着的花朵。现在把长焦拿来近拍，因为这种镜头对景深的压缩，也有些特别的效果。6月1日还得出门，我想未来几天，应该有晴天，有好的光线，能把这些漂亮的花朵拍得更加明亮。

想起了里尔克的诗：

给我片刻时光吧！
我要比任何人都爱这些事物
直到他们与你相称，并变得广阔
我只要七天光阴，七天
尚未有人记录过的七天
七页孤独

5月29日。

今天上午，天放晴了，但要出门办事。

路过常去的器材店，买了两只偏振镜，就是要对付强烈的阳光辐射下花朵上的反光。下午急急回到家，天又阴了。更多的栀子花竞相开放。便只好坐在电脑前记下这些文字。

这时，门铃响了，是清洁公司的钟点工。这两位中年妇女都各自别了两朵栀子花在身上。随着她们走动，隐约的香气便在屋子里四处播散，也时时飘进书房。这两个喜欢边干活边聊家长里短的妇人，在我眼里显得亲切起来。

我问其中一位讨了一朵，放到眼前，翻出植物志来细细观察。

书上的描述并不特别详细：“花单生于枝端或叶腋，白色，芳香；花萼绿色，圆筒状；花冠高脚碟状，裂片 5 或较多。”但对我这个初涉植物学的人来说，也是有用的指引。我想起花开园中的情形，如果不是生于枝端，也就是每一枝的顶上，那些花蕾与花朵就不会那么醒目地浮现于密集的绿叶之上。花瓣自然洁白，而且厚厚的——植物书把这描述为“肉质”——在我看来，却应该有一个更高级的比喻。那花瓣不仅洁白无瑕，而且，有着织锦般的暗纹，却比织锦更细腻柔滑。花萼——也就是花蕾时包裹着花朵的那一层苞片，确乎是绿色的，当它还是花蕾时，萼片被里面不断膨胀的花朵撑大，越来越薄，薄到绿萼下面透出了花瓣越来越明晰晶莹的白，直到花萼被撑裂的那一刻。要是有一架摄像机，拍下栀子开放的过程，那种美，一定摄人心魄。花梗差不多有2厘米长，花朵就在这长长的花梗上展开。因为这个长梗，书上才说它是“高脚碟状”。对这么美丽的花朵来说，这个比喻也太不高级，而且不尽准确。这朵直径3厘米左右的花朵，花瓣分为三层，每层六瓣，跟书上所说的“裂片5”不同。这一点，倒是一句宋人诗写得准确：“明艳倚娇攒六出。”“六出”，也就是展开六枚花瓣的意思。这些花瓣捧出的，是作为一朵花来说最重要的部分：雌蕊与雄蕊。

看过一张照片，是一个美国植物学家拍的照片。老头在用放大镜观察一朵花。刚看过的一本外国人写的描述地中海植物的书上也强调，观花的必备工具里要有一柄放大镜。我想，这是为了便于对结构精巧的花蕊进行仔细观察。我没有备下这个东西，于是，也只好和手边的植物书一样语焉不详。我只看见六枚颜色棕黑瘦弱的雄蕊，围着一只明黄的雌蕊，有些自惭形秽的样子。而栀子的雌蕊却颜色娇艳，而且长成一个蒂，像是这朵花的G点。如果这朵花要发声，肯定就是它引发的一声娇喘。这么写，好像有点情色了。但花朵的开放，于植物自己，就是一场盛大的交欢。如果要冷静下来，就再引杨万里《栀子花》里的诗句：

孤资妍外净，幽馥暑中寒。

又下雨了，轻寒袭来，栀子花又是诗中的模样了。

5月30日。

又听了一夜雨声。

前些天升高的气温又回去了。今天最高气温是24℃。有拍纪录片的人来，要我谈谈一个故世二十年的作家。谈到中间，我觉得冷，找出外衣来穿上。送他们走，回来，看见院子里更多栀子花开了，又拍了几张照片。有露珠的，可爱，但仍然期望有阳光。栀子的白色在明亮光线下应该更加照眼。但没有办法。明天要去参加为纪念萧红百年诞辰而创立的萧红文学奖的颁奖礼。

回来，又读了些有关栀子的文字。

之所以不愿在这组成都物候记中漏过了栀子花，是因为它是装点蜀地人生活很久很久的本土植物。它的花香至少在成都这座城池中萦回有上千年了。我想，花开时节，被女人们缀在发间、宝石一样挂在襟前也有上千年了。有诗为证。唐代刘禹锡：

蜀国春已尽，越桃今始开。

越桃，就是栀子在唐诗中曾经的名字。其中说到的就是“物候”——此花开放的时节。四川盆地春花次第开尽的时候，栀子花就开放了。也就是说，栀子的开放宣告了夏天的到来。

宋代的草药书《本草图经》也说：“栀子，今南方及西蜀州郡皆有之。木高七八尺，叶似李而厚硬。”确实，栀子枝硬，叶也硬，因此也才更显出栀子花朵动人的娇媚。

写下这些文字的时候，院子里所有栀子都已盛开，而早开的那一丛，已经露出了萎败的端倪。

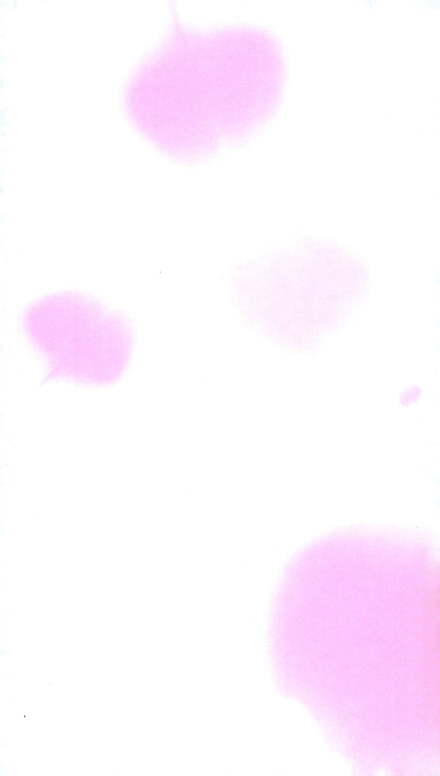

【之十七】

2011年6月29日 星期三
五月廿八 辛卯年【兔年】
甲午月 乙卯日

17

女贞

幼芽的基座为激动之力，
自我栽种在下，竭尽之力在上。
然而，谁能成功地探出？

【印】吠陀《创世颂》

六月里，满城花放。

一周，又一周，差不多又是一周。

这花势还没有稍稍减弱的意思。

开花的是这座城中最多的常绿行道树。这些树，从春到冬，就那么浓郁地绿着。当天气开始变得炎热，这座城中这些数量最为众多的树就高擎起一穗穗细碎密集的小花构成的圆锥状花序。天气热得日甚一日。车流滚滚，人群匆忙，更是增加了城市的热度。也许是这花开得太触目可及，太普遍，都没有人愿意抬眼看看它们。直到黄昏，城市累了，喧嚣声渐渐消退。

穿上宽松的衣服，穿行在这些浓荫匝地的高大的树下，感到白昼时被热浪与喧嚣所淹没的花香开始在空气中浮动。落日彤红，从街道尽头那些参差的楼群后慢慢下坠，下坠，然后消失，只剩下灰蓝的天空中淡红的晚霞。当那些晚霞因为自身的燃烧变成了灰黑色，路灯便一盏盏亮起来。投射下来的树影和那隐约浮动的花香就把人淹没了。这时候，行在道上的人们的表情与身体才都松弛下来，都似乎意识到了人和人群之外的别物之存在。

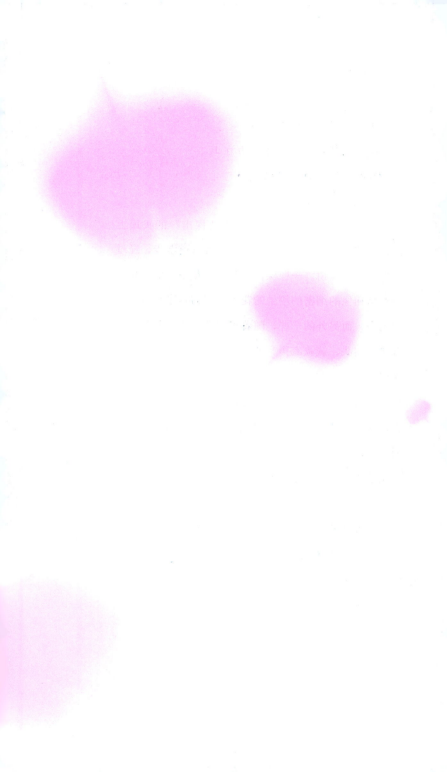

不由得想起古印度吠陀《创世颂》中的诗句：

幼芽的基座为激动之力，
自我栽种在下，竭尽之力在上。
然而，谁能成功地探出？

现在我会轻易给出答案："成功探出"的头顶上满树的花朵。沿着南二环路宽阔的人行道漫步，经过一棵树又一棵树。一棵棵树上开满了花朵。那些和丁香非常相像的细密的簇生的花朵组成的花序在树顶挺立向上，而另外的一些，随着平伸并略微下坠的枝条轻拂过肩头，簌簌有声，那些丁香般大小，且有着桂花般浅黄的小花便离开枝头，落在身后和身前。按古印度人的想法，花开是创世之神的激情集中绽放，那么，这些花朵的坠落呢？我想，是树的生命激情的迸射——香气四溢的激情迸射。

还读过一首外国诗《邀至野外》：

研究樱桃树。
路旁的白色接骨木：
五根茎，五个花瓣。
五个雄蕊。
好精确，妹妹——
我搂住你。
一日一次，

直正地看，
粗略地看，
这就足矣。

这首诗，说明另外一种文化对于自然深究的态度。而所以如此观察与深究，单是因为观察对象所饱含的生命奇迹般的美丽与激情。而现在，树也一行行、一片片长在城里。在窗前，在街角，在广场，在水边。散步回来，躺在床上看书，鼻端还似乎有隐约的香气缭绕。那些美丽深致的文字也就更加余韵悠长。是的，我在读关于刚刚经过的那些花树的文字。

那些花树的名字叫作女贞。

上床前，我在微博上发了一张女贞开花的照片。有朋友马上告诉我，在他们的地方，这开花的乔木叫冬青。冬青是女贞的又一个名字，因为其常绿，冬日里，那绿色的稍带蜡质的叶片总是淡淡发光。想必因为这缘故，它得到冬青这个名字。女贞叶片之所以闪闪发光，是因为含有较多油脂，用蒸馏法可以提取。而女贞这个中文的正式名字，却有着道德的诉求。古书上说：“负霜葱翠，振柯凌风，而贞女慕其名，或树之于云堂，或植之于阶庭。”传统的男权社会，用这种寻找象征意义的方法，为一种树总结出一种品德，并将其与女子追求贞节联系在一起——不是女子们自动追求，而是男人们驱使她们追求。

看到过一则史料：明代，杭州城某官员令城中人

家必须栽植女贞。我却想，这个官员到底是一个真正的道德家还是一个虚伪的道德家？虚伪的道德家我们几乎天天见到，可以略过不提。如果这位官员是个真正的道德家，那才有些意思。以我们日常得到的官员印象，能以道德求诸人的，普遍；而以之律于己者，稀罕。当然还会想到，为什么宋明以来，中国男人突然会把女子的贞节视为理想社会的命门？就像今天，也时时有人把社会良心与道德的建设系于一些可笑的说法上一样。这种古今一致，没有建立系统的植物学体系，却弄出来一套树木社会学或树木道德学，弄得人一会儿要向松树学习，一会儿又要向荷花学习。某天，也是在女贞树影中散步时，就听见公园里唱红歌的人们在唱“要学那泰山顶上一青松”。但我知道，那是退休老人们闹着玩的，就又恢复到平常的心态了。

就像今天，更多的人看见这树，还不至于立即就产生禁锢女性身体欲望的想法。他们走近这些树开出的满树繁花时，看见的还是诗情画意。

去某大学听讲座，在校园里散步时，突然想到前两年，就是这所大学的几个女学生，在报纸上高调宣称，要保持处女之身到新婚之夜。此事结果如何不得而知。今天，炒作这种事件的媒体同时也把“炒作”这个词教给了我们。所以，我们并不追问这件事的真伪，更不会要求媒体把这几个女同学发布宣言后实行的结果如何告诉我们。这件事，我也只是在等待讲座开始前偶然想起。当然又想到了好玩的树木命名的政治学。想这事时，正好有这所大学的女博士在旁边，便有意问她认不认识头顶上正在开花的树。她说不认识。我告诉她这株树的名字，但人家并没有想到这树的道德意义，只是淡淡说，好像有味中药也叫这名字。对，女贞子，就是这树开花后结的籽。今天是科学时代，所以，当女人看到一种植物，联想到有关植物的药理学，而不是树木道德学，也说明男人对女人树立起的权威是多么快就丧失殆尽了。

今天，中国女人脑子里如果塞了一些花的知识，也是来自西方习俗系统中的所谓“花语”。

但我在开写这组物候记时，就严戒自己，不去中医学中开掘植物的药理学内容。中国的植物知识，一个缺点是太关乎道德；再一个缺点，就是过于实用，或者是可以吃，或者是因为有什么药用价值，否则，这些植物就会被排除在我们的视野之外。道德主义与实用主义，首鼠两端，正是我们身处其中的文化的病灶所在。

打住吧，我要自己记得，写这些文字的唯一原因，是“多识花鸟草木之名”，向身边的草木学习一点植物学。像惠特曼诗中所说：“学习欣赏事物美感。”

女贞的确是一种美丽的植物。如果不是树姿如此优美，它们不会成列成行，如此广泛地站立于这个城市的街角道旁，在台湾人称为“石屎”的水泥堆砌的

坚硬建筑中洒下温情的荫凉。在人群过于密集而散发污浊气味时，它用香气使我们心清目明。女贞是木樨科植物，和同科的丁香相比，女贞的香气不是那么浓烈；和同科的桂花相比，它又不是那样的暗香浮动。感谢木樨科的植物：丁香、女贞、桂花，用绿叶消化着我们制造的废气的同时，还提供着那么多的荫凉；更要感谢女贞、丁香和桂花，向我们播撒着如此的芬芳，因为这样的香气，至少让我们有了清净的情感追求。

夏至已到，丁香已经开过，桂花要等到秋天，而女贞也已经开到了尾声。这时走在街上的女贞树下，脚下会有一地细密的落花。我们看到树上的一簇簇的花其实是这些细密小花的集合。现在，它们分散开来，一朵朵兀自坠落到地面，色彩渐渐黯淡，香气也渐渐消散。

【之十八】

18

紫薇

2010年7月18日 星期日
六月初七 庚寅年【虎年】
癸未月 己巳日

当你伸手抚弄它
光滑的树干时，
整棵树都会轻轻震颤。

不在成都一个多月，已经错过好多种花的开放与凋谢。

行前，莲座玉兰刚刚开放，女贞饱满的花蕾也一穗穗垂下来，准备把花香散布了。在南非看世界杯，打电话回来问，说栀子花已经开了。回国后，又在深圳停驻一段，还有来自外国的电邮，问我是不是该写到栀子花了。这位去了异国的朋友说，想成都时就想闻到栀子花香。等到世界杯完结，半夜里回来，拖着行李箱穿过院子时，下意识也在搜寻栀子花那团团的白光，鼻子也耸动着嗅闻那袅袅的香气。可这一切都未有结果，不在成都这一个多月中，我错过了栀子的花期了。

早上醒来，我就想，错过了栀子，那些紫薇呢？应该已经开放了，并且还没有凋谢吧？印象中紫薇花期是很长的，有诗为证："谁道花无百日红，紫薇长放半年花。"这诗句是宋代诗人杨万里写下的。而且，不止他在诗中留下这样直白的观察纪录，明代一位叫薛蕙的人也有差异不大的记录："紫薇花最久，烂熳十旬期，夏日逾秋序，新花续放枝。"也正因为紫薇这个花期漫长的特点，紫薇在一些地方还有

“百日红”这么一个俗名。

在南非旅行，常常惊叹其自然环境的完整与美丽，引我赞叹的，就有广阔稀疏草原上两种树冠开展华美的树，一种是长颈鹿伸着长脖子才能觅食其树叶的驼刺合欢；另一种，羽状复叶在风中翻覆时，上面耀动的阳光真是漂亮无比。在克鲁格国家公园外的度假酒店，清晨出来散步，看见两只羽毛华丽的雄孔雀栖息在高而粗壮的枝上。为了弄清这种树的名字，还专门在开普敦机场买了一本介绍当地植物的书。查到这树的英文名和拉丁名，再用电脑上的翻译词库，汉语词条下却没有与植物学有关的内容。也许，编词库的人认为，诸如此类的东西是不重要的。后来，还是华人司机兼导游在一条被这种树夹峙的公路上行驶时说，哇！这些紫葳花开放的时候是非常非常漂亮的。他说，下次老师选在春天来，就可以看到了。

我说，什么？紫薇？

对，紫葳。

我说，怎么可能是紫薇呢？

导游说，真的，大家都叫紫葳呢！

我说，不会又是我们中国人自己起的名字吧。所以这么问，是他把那么漂亮的驼刺合欢叫作“牙签树”。因为树枝上的刺真就牙签般长短，以我们对待事物的实用主义和具象主义，就不求原来已经有的名字，而给它一个直指实用的，同时也少点了美感的命名。

晚上在酒店上网查询，果然，这树正式的名字就叫紫葳，与我晓得的紫薇音同而字不同，并且分属两个不同的科，且特征相距遥远的科。紫葳本身就是紫葳科，而在中国土生土长的紫薇属于千屈菜科。紫葳树形高大，树冠华美，翠绿的羽状复叶在风中翻拂着，耸立在空旷的非洲荒野之中，那美真是动人心魄。这一科的树，我见过一种叫蓝花楹，满树的蓝色唇形花开放时，真如梦幻一般。

此紫薇与彼紫葳相比较，美感上就要稍逊一筹了。但是，抛开我们的城市气候适不适宜其生长不说，就是这逼仄的空间，也难以为那些豪放恣意的大树腾出足够的空间。所以，我们还是深爱那些被古人吟咏过的紫薇。

紫薇是小乔木，很多时候是呈灌木状，理论上高度可到 3 ～ 7 米，但在园艺师的手上，它们总是难于自然生长，而是被不断修剪，以期多萌发新枝，树干也要长成虬曲扭结的模样。紫薇叶互生或对生，椭圆形、倒卵形，与紫葳的羽状复叶大异其趣。在深圳曾见过一种大花紫葳。一朵一朵硕大的花朵舒展开来，黄色的花蕊分外耀眼，手掌大小的叶片也纹理清晰，被海边的阳光照得透亮。

紫薇叶子，形状与脉络的走向与大花紫葳很相似，只是缩小了不止一号，树干也更细小、更光滑，对人的抚摸也更敏感。那种名叫含羞的草在人触动时，只是把叶子蜷曲起来，而紫薇是树，当你伸手抚

弄它光滑的树干时，整棵树都会轻轻震颤。如果它是一个人，我们从他的模样上，不会相信他是一个如此敏感的人，但这个家伙就是这么敏感。它的枝干看起来很刚硬，我们的经验中，刚硬与敏感是不互通的。它的叶片也是厚实的，上面似乎还有蜡质的膜，而但凡厚实的，有保护膜的，我们也不以为它会是敏感的。如果人虚心一些，植物学也可以给我们一些教益。紫薇就给以貌取人者一个无声提醒。只是如今的人，历史的经验与现实的教训都难以记取，何况植物那过分含蓄的暗示呢？紫薇的花也很特别，看上去，那么细碎的一簇簇密密地缀在枝头，仔细分辨，才看出其实是很大的花朵，萼裂为六瓣，花冠也裂为六瓣，瓣多皱襞，正是这些裂，这些皱襞，造成了人视觉上细碎的效果，让人误以为紫薇枝上满缀了数不清的细碎花朵。其实，那些长达十几二十厘米的圆锥花序上不过是五六枝花朵。如若不信，只消去细数里面那一簇簇顶着许多黄色花药的花蕊就一清二楚了。

是的，在成都的七月，紫薇刚刚开放，离盛放的时候还有些时日，今年多雨，好几天不见阳光，气温低，紫薇的盛花期来得更加缓慢。那也就意味着，紫薇花将会伴随我们更长的时间。

但我已经等不及了，这天下午，天短暂放晴，身边也没带好点的相机，花又开在高枝上，身矬臂短，拍了几张，效果都不好，但也只好暂且如此了。

2011年8月21日 星期日
七月廿二 辛卯年【兔年】
丙申月 戊申日

【之十九】

19

荷

出淤泥而不染，濯清涟而不妖。

【北宋】周敦颐 《爱莲说》

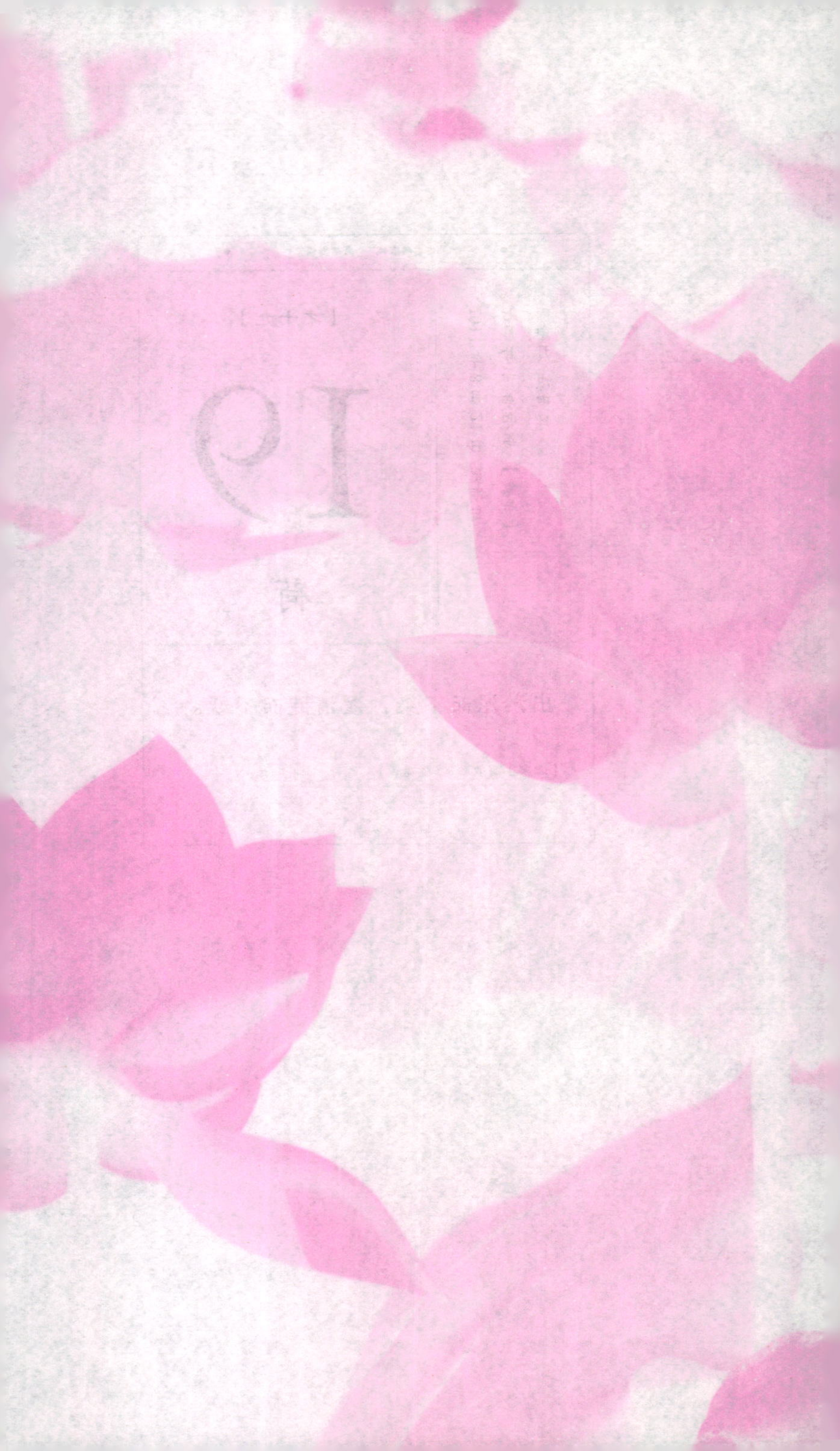

今年的天气总归是奇怪的。雨水说来就来，从不经酝酿与铺垫。而且，总是很暴烈地来。紧接着，不经过渡就是一个大晴天，气温扶摇直上，酷热难当。天气预报把这叫作极端天气。好像天上的雨师雷神差不多都成了奉行极端主义的恐怖分子了。

8 月 1 号那天，中午出门还想着要不要穿双防雨的鞋和防雨的外套，不想三四点钟时走到街上，空中阴云瞬间踪迹全无，艳阳当顶。天气预报次日是一个晴天，再次日，暴烈的雨水又要回来。就想该趁明天的晴朗去看看荷花了。暴雨倾盆的时候，我就有些忧心，妖娆的荷花如何经得住这般如鞭雨线的抽打。天老爷再极端几回，今年的荷花怕就看不成了。

于是，决定第二天去看荷花。

成都市区里没有大片的安静水面，到哪里去看荷花？先想到东郊的荷塘月色。前几年吧，以荷塘月色命名的新乡村建设刚刚完成，当地政府曾请了若干人等前去参观。他们是要招些画画的、弄音乐的人去住在湖边，结果把我这个整天用键盘敲字的人也误入了名单。询诸友人，我被嘲笑了，说，看荷花怎么不去桂湖？我恍然大悟，桂湖，对，桂湖！里边还有一座

间隙间的水面上，而受光的叶与水，轻轻摇晃，微微动荡，并在摇晃与动荡中把闪烁不定的光反射到娇艳的花朵上。我用变焦镜头把它们一朵朵拉近到眼前，细细观赏那些闪烁不定的光线如何引起花朵颜色精妙而细微的变幻。镜头再拉近一些，可以看清楚花瓣上那些精致纹理，有阵阵微风使它们轻轻摇晃时，便有一阵香味淡淡袭来。而那些凋萎的花朵，花瓣脱落在如巨掌的荷叶上，露出了花蕊里的丝丝雄蕊，和雄蕊们环绕的那只浅黄色的花托。圆形花托上有一只只小孔，雌蕊就藏在那些小孔中间。风或者昆虫把雄蕊的花粉带给藏在孔中的雌蕊。它们就在花托中受精，孕育出一粒粒莲子。当风终于吹落了所有的花瓣，花托的黄色转成绿色，一粒粒饱满的莲子就露出脸来，一朵花就这样变成了莲蓬，采下一枚来，就可以享用清甜的莲子了。只是，在这里，这些莲蓬也只供观赏，至少我自己不会有采食之想。倒是想起了古人的美丽诗词：

灼灼荷花瑞，亭亭出水中。
一茎孤引绿，双影共分红。

荷的确是植根于中国人意识很深的植物。

“释氏用为引譬，妙理俱存。”这是李时珍说过的话。意思是说，在佛教中，荷花的生物特性在佛教那里变为一种象征。《华严经》中

详说了莲花——荷花的另一叫法——“四义”：“一如莲华，在泥不染，比法界真如，在世不为世污。二如莲华，自性开发，比真如自性开悟，众生诺证，则自性开发。三如莲华，为群蜂所采，比真如为众圣所用。四如莲华，有四德：一香、二净、三柔软、四可爱，比如四德，谓常、乐、我、净。”其象征意义都说得再清楚不过。李时珍在他的药典《本草纲目》中也离开对于植物药用价值的描述，按自己对荷的种种生物特性生发出更具体的象征：“夫莲生卑污，而洁白自若；南柔而实坚，居下而有节。孔窍玲珑，纱纶内隐，生于嫩弱，而发为茎叶花实；又复生芽，以续生生之脉。四时可食，令人心欢，可谓灵根矣！”

到了北宋，周敦颐《爱莲说》出世，更把荷花的特性与中国君子的人格密切联系起来：“予独爱莲之出淤泥而不染，濯清涟而不妖，中通外直，不蔓不枝，香远益清，亭亭净植，可远观而不可亵玩焉。”算是对荷人格寓意的最后定性。

这不，一位当奶奶的领着孙子从我背后走过，我也听到她对孙儿说其中那个差不多人人知道的短句。可惜，说完这句她就登上旧城墙边的凉亭，用苍老的嗓子去和一群人同唱激越的红歌了。

我避开这个合唱团，去园中的杨升庵祠。

这座园子，在明代时，是新都出了当朝首辅又出了杨升庵这个状元时杨家的花园。看过当地的一些史料，考证说，这个园子的水面上，早在唐代时就种植荷花了。之所以叫桂湖，不叫莲湖，是因为后来由杨升庵亲自在这荷塘堤岸上遍植了桂花。现在，不是桂花飘香的节令，只有荷塘上漾动的馨香让人身心愉悦。但怀想起这个园子当年的主人杨升庵，却不免心绪复杂。

升庵是杨慎的别号。杨慎生于1488年，明正德年状元，入京任翰林院修撰，翰林学士。公元1521年（明正德十六年）三月，明武宗朱厚照病逝，武宗没有亲生儿子，便由他堂弟朱厚熜继位，是为世宗。世宗当上皇帝，要让生父为“皇考”。杨升庵的父亲、时任首辅杨廷和等认为，继统同时要继嗣，也就是新皇帝应尊武宗之父为皇考，现任皇帝的生父只能为“皇叔考”。这么一件皇帝家里并不紧要的家事，酿成了明史上有名的“议大礼”之争。一个国家的权臣与文化精英为这件屁事争了整整三年。明世宗朱厚熜是明武宗朱厚照的堂弟、明武宗之父明孝宗的侄子。因武宗无子，这朱厚熜才继承皇位。按照封建王朝旧例，即所谓“礼”，朱厚熜应视为明孝宗的儿子，尊称明孝宗为“皇考”，而只能称自己的亲生父亲为“本生父”或“皇叔父”，绝不能称为“皇考”。多数大臣，包括杨廷和、杨升庵父子的意见都是这样。但也有少数阿谀拍马的大臣认为朱厚熜是入继大统不是入嗣为人后，故应称本生父为“皇考”，而称明孝宗为“皇伯考”。朱厚熜自然

非常赞同后一种意见，并责问杨廷和等人说：“难道父母可以移易吗？！”双方各执一词，互不相让。嘉靖三年（公元1524年）七月的一天，杨升庵鼓动百官，大呼：“国家养士一百三十年，仗节死义，正在今日。”反对派二百多位官员，跪伏哭谏。嘉靖皇帝大怒，把一百三十四人抓进牢狱，廷杖了一百八十多人，也就是当众扒下裤子打屁股，当场就有十七人被活活打死。杨升庵也在十天中两次被廷杖，好在命大，“毙而复苏”，后与带头闹事的另外七人一道，受到编伍充军的处置，被贬逐到云南永昌（今保山）。

秉持儒家精神的传统知识精英，常把大量的精力甚至生命浪掷于对封建制度正统（“礼”）的维护，其气节自然令人感佩。但在今人看来，皇帝要给自己的老子一个什么样的称号，真不值得杨升庵这样的知识精英付出如此惨烈的代价。在家天下的封建体制中，知识精英为维护别人家天下的所谓正统那种奋发与牺牲，正是中国历史一出时常上演的悲剧。这个悲剧不由杨升庵始，也不到杨升庵止。他们这样的义无反顾，这样的忘我牺牲，真是让人唏嘘感慨。顶着烈日，站在杨升庵塑像前，心里却冒出几个字：为什么？

这个杨升庵并不是我特别敬佩的那个杨升庵。

我对这位古人的敬佩源于在云南大地上行走时，从当地史料和当地人口碑中听到的那些有关他的传说。明朝于洪武十四年（公元1381年）攻取云南以后，建立卫所屯田制度，先后移民汉族人口三四百万到云南，使云南人口的民族结构产生了变化。至于杨升庵本人，从37岁遭贬到72岁去世，三十多年在云南设馆讲学，广收学生，而且，还在云南各地游历考察，孜孜不倦地写作和研究，写成了牵涉学科众多的学术著作。以他百科全书型的知识结构和不畏强权的人格魅力，使得云南各族人民在杨升庵之后形成了一股学习中原文化的巨大潮流。这是知识分子的正途，在一片蒙昧的土地上传播文化新知，以文化的影响为中华文化共同体的铸造贡献了巨大的功德。

杨升庵被流放云南，使他从庙堂来到民间，从书本中的纲常伦理走入了更广阔的地理与人生。他每到一地，都留意山川形势、风土人情，征集民谣，著为文章，发为歌咏。他在《滇程记》中记载了戍旅征途沿线的地理情况和民族风俗等，为后人了解西南边疆情况提供了重要的历史资料。更为难得的是，他在放逐期间，深入了边疆地带的民间，关心人民疾苦，当他发现昆明一带豪绅以修治海口为名，勾结地方官吏强占民田、坑害百姓时，正义凛然地写了《海门行》《后海门行》等诗痛加抨击，并专门写信给云南巡抚，请求制止如此劳民伤财的所谓水利工程。

所以，直到今天，在云南老百姓中最受崇敬的三个神（或人）就是观音、诸葛亮和杨升庵。有学者指出，明初之时，云南和西藏、新疆、蒙古等地区一样还是中原文化的“化外之地”。明以后，云南的文化面貌便与上述地区大异其趣，主要是由于两个原因：一个朝廷实行的卫所制度，再一个，就是杨升庵的文化传播与教化之功。

但这样的教化之功，并不能削减他个人与家庭命运的悲剧感。杨升庵先生独在云南时，其夫人黄峨就在这个满布荷花的园子中思念丈夫，等待他的归来。远在边疆的升庵先生同样也深深思念在这座家乡园子苦等他归来的妻子黄峨：

空庭月影斜，东方亮也，金鸡惊散枕边蝶。长亭十里，阳关三叠。相思相见何年月？泪流襟上血，愁穿心上结。鸳鸯被冷雕鞍热。

黄峨也以《罗江怨》为题，回赠丈夫：

青山隐隐遮，行人去也，羊肠鸟道几回折？雁声不到，马蹄又怯，恼人正是寒冬节。长空孤鸟灭，平芜远树接，倚楼人冷阑干热。

今天，被倚栏人身体捂热的栏杆也冷了，在夕阳西下之时，慢慢凝上了露水。我打开笔记本，翻出抄自云南某地写在某座升庵祠前的对联：

罢翰林，谪边陲，敢问先生：在野在朝可介意？

履春城，赴滇池，若言归宿，有山有水应宽怀。

这不过是我们这些后人的感叹。出了桂湖公园，已是黄昏时分，在街边一家粥店要了几碟清淡小菜，喝汤色浅碧的荷叶稀饭。去公园门口开车时，还意犹未尽，又踱进桂园公园墙外新开辟的公园，一样荷塘深绿。我在一处廊子上坐下，给自己要了一杯茶。茶送上来，茶汤中还飘着几瓣荷花。喝一口，满嘴都是荷香。带着这满口余香，我起身离开。不经意间，却遇到了前辈作家艾芜先生的塑像。当年，这个同样出生在新都县的年轻人，只身南游，经云南直到缅甸，为中国文学留下一部描写边疆地带的经典《南行记》。我在这尊塑像前伫立片刻，心中涌起一个问题，先生选择这条道路，可曾受过升庵故事的影响？艾老活着的时候，我还年轻，不懂得去请教去探寻他们传奇般的人生，如今斯人已去，也就无从问起了。隔两天，北京来了一位文化界领导，要去看望马识途马老，邀我陪同前去。他们交谈时，我的目光停留在马老书案后挂着的横幅字上。字是马老的，文也是马老的，叫《桂湖集序》。20 世纪 80 年代，巴老曾回到故乡成都，

曾和艾芜、沙汀和马识途同游桂湖。马老此“序”即记此次游历。马老手书的序文后，还有巴金、艾芜、沙汀的签名。

那一刻，我深怀感动，心想这就叫作文脉流传。更想到，如果自己愿意时时留心，正在经历的很多事情都暗含着神秘的联系，都不是一种偶然。

2010年10月18日 星期一

九月十一 庚寅年【虎年】

丙戌月 辛丑日

【之二十】

20

芙蓉

木末芙蓉花，
山中发红萼。

【唐】王维 《辛夷坞》

秋天，观花与写花，按传统诗文惯常的路径，当以菊花为首。但如今，在许多城市中，很难见到自然环境下生长开放的菊花了。都是时节一到，一盆盆盛放的菊花密密地齐齐地摆放出来，形成装饰性的色块与图形，远观有很好的视觉效果，近看，却少了自然的风致。这是欧式园林的做派。傲霜之菊，在中国诗歌之树的枝头，最为闪亮。那是出于一种中国物候与文化的总体格局。

如果考虑地域的差异，那么，写成都的秋花，怎么说，都应以木本的芙蓉为首。成都这个地方，处在中国传统的南北分界线更偏南一点。夏天，比起长江边和长江以南的城市，没那么酷热；冬天，没有北方城市那样的严寒。加上远处内陆，深陷盆地，少受转向的季风影响，秋天就很绵长，能一直深入侵占掉一些冬天的地盘。如若不信，可以想想银杏金黄落叶满地的时间。

从时序上来说，芙蓉花差不多就是成都这个城市一年中最晚的花了。正所谓“开了木芙蓉，一年秋已空”。

九月底，城中各处，偶尔可以看到团团浓绿的芙

蓉树上，一朵两朵零星开放，直到十月大假后，白的、粉的、红的芙蓉才真正渐次开放。苏东坡诗云："千林扫作一番黄，只有芙蓉独自芳。"说的正是此花开放的时令。这样的观察者不止苏东坡一个。早在此前的唐代，长居成都的女诗人薛涛就有诗句"芙蓉新落蜀山秋"，说芙蓉花落的时候，蜀地的秋天就算是真正到来了。而芙蓉花是且开且落的。芙蓉花开的那些日子，差不多每一株芙蓉树下，潮润的地上，都有十数朵，甚至数十上百朵的落花了。但在树上，每一枝头顶端，都有更多的花朵或者盛开，或者即将盛开，还有更多的花蕾在静静地等待绽放。也就是说，芙蓉的花期还长，蜀地成都的秋天也一样深长。

这就是在成都观赏秋花，自然要以芙蓉为先的首要的理由——自然物候上的理由。

当然，更为重要的还有文化上的理由。

成都被称为"蓉城"，已有千年以上的时间。这个"蓉"，就是芙蓉花的"蓉"，木芙蓉的"蓉"。

这个来历，至少好多成都人是知道的。

有个传说叫"龟画芙蓉"。

说的是成都初建城时，地基不稳，屡建屡塌，后来出现一只神龟，在大地上匍行一周，其行迹刚好是一朵芙蓉的图形，人们依此筑城，"一年成聚，两年成邑，三年成都。""蓉城"乃由此得名。

另一个传说为更多的蓉城人所接受，叫"芙蓉护城"。

说的是五代十国时后蜀国君孟昶为保护城墙，命在成都城墙上遍植芙蓉，每当秋天芙蓉盛开，“四十里芙蓉如锦绣”，满城生光，成都便从此名之为“蓉城”。据考，当年的城墙是土城，在雨水淫多的成都，土城易于崩塌，而芙蓉花树，繁盛茂密，可以遮挡雨水直接冲刷墙土，其根系也很发达，也有很好的固土作用。或者嫌这个过于实用主义的理由不太配“蓉城”或芙蓉本身的美丽，或者是历史上确有其事，反正成都人更相信，孟昶所以选择芙蓉防护和装点成都，是因为其王妃花蕊夫人的影响。这位花蕊夫人喜欢赏花观花，又时时感伤于春花之短促易凋而处于“感时花溅泪”的敏感伤怀的状态之中。后来，她在郊游时，在农家院中，发现了这傲寒拒霜的芙蓉花，深得安慰，非常喜爱。因此孟昶为讨她欢心才在成都遍植芙蓉。

芙蓉树本身的确也非常美丽。

从树形上说，如果不修剪，径自生长，可以长到十来米高。如果有足够空间，这树不止尽情向上，其横向的分枝四逸而出，不开花时也树形饱满优雅。在城中，大多数芙蓉花树每年修剪，不是一般的小修小剪，而是把所有分枝尽数剪切，只留一根主干。这根主干的高度，根据配景的需要，或二三十厘米，或一至两米。但就在这主干桩头上，当年就能抽出十数条或数十条新枝，放射状萌生，到夏天，每条新枝都有一两米长了，每条新枝上都互生出阔大叶片，如伞如盖，绿荫团栾。那掌状叶片也规整好看：每一片都是3~5裂，裂片呈三角形，基部心形，叶缘具钝锯齿。就在这样的枝头，由那些手掌一般的叶片，捧出了一簇簇花蕾。

因此，《广群芳谱》中这样描述芙蓉："清姿雅质，独殿众芳。秋江寂寞，不怨东风，可称俟命之君子矣。"这句话的意思，当然可以理解为，芙蓉花美，但芙蓉不仅仅以花为美。她的叶片，和整株树的身姿也是美丽动人的。

今天是重阳节，又是周六，薄薄的太阳出来，我带着相机出去寻访芙蓉。

其实，芙蓉花渐次开放，已经有十多天时间了。好多树下，都有了零星的落花。但枝头上着花更多，或者已然绽放，或者将要绽放，还有更多的花蕾在等待绽放。那些挣破了苞片的花蕾都是红色的，但盛开的芙蓉却是粉、白、红三色。查植物书，说芙蓉因光照强度不同，引起花瓣内花青素浓度的变化，早晨开放者为白色，继而开放者为粉色，下午开放者为红色。但盛开后为红色的，在我看过的上百株中却未见到。因为这个缘故，芙蓉花还有个"弄色芙蓉"的美称。还有人在微博上告诉我，说同一朵芙蓉早上为白，继而变粉，再变为红色，一日三变。这个着实超越了我观察得来的经验。或者，在另外某处，有这样一个神秘妖娆的品种也未可知。

王安石有诗："木末芙蓉花，山中发红萼。"芙蓉花蕾为红色，开放时才发生色变倒是早被古人记录过了。

成都这个城市，注定与芙蓉有缘。不仅从五代起，就把芙蓉当成了市花，更早一点的唐代，浣花溪边有许多造纸的作坊，能制美丽而精致的笺纸。才女薛涛在这些笺纸上写她与一个名伶送往迎来的诗，清词丽句之外，犹嫌书写的介质不够美，竟自己跑到某一个造纸作坊，亲自设计纸样并督导工匠，用浣花溪的水、木芙蓉的皮、芙蓉花的汁，制成了色彩绚丽又精致的薛涛笺，专门用来写她"不结同心人，空结同心草"之类的多情诗句。

这也是她为这座叫"蓉"的城市留下的一段深致的雅韵。可惜的是，薛涛此笺已经失传。记得在四川大学旁的望江楼公园的竹林深处，见过一个售纪念品的小货亭，有薛涛笺卖。就是普通的八行笺而已，只是有暗暗的花纹。机器时代，早就遗忘尽手工的精致与深情了。

更为可惜的是，今天的成都城市中，虽然四处都可见到芙蓉，但成林成片者，已不能见。这种美丽的本土植物，不仅扎根于自然环境，更深植这个城市的历史记忆，如今却被越来越多的引进植物分隔得七零八落了。我不反对引进植物，但对一个城市来说，物理上的美感是一个方面，精神与文化上的，与集体记忆有关的植物，还是应该成为景观上的主调。

古书《长物志》上说："芙蓉宜植池岸，临水为佳。"水光与花色辉映，"照水芙蓉"历来被视为一种极致的美景。成都多水，如果这个时节，某一段江岸、某一处湖边，遍开连绵的芙蓉，在这草木凋零的季节，那我们就得享一种宝贵的非物质的福祉了。

今天是11月16日，雨后天晴，气温又回到二十来度。再出去散步，见树树芙蓉还开放着。只是树上的花朵已然十分稀疏。细看枝头，也没有了待开的花蕾。我想，待这芙蓉开尽，成都真正的冬天就到来了。

2011年11月4日 星期五
十月初九 辛卯年【兔年】
戊戌月 癸亥日

【之二十一】

21

桂

广寒香一点，
吹得满山开。

【宋】杨万里《芗林五十咏·丛桂》

我要再来说一种以单字命名的花：桂。

记得我在某篇写成都花事的文章里说过，差不多所有以单字为名的植物，一望而知，都是古老中国的原生种。那时书写介质得之不易，用字都省。但检阅古籍，知道桂花树，在中国最早的神话和地理书中就出现了。这部书当然是《山海经》。这部书中就有“招摇之山，临于西海之上，多桂，多金玉”这样的记载。

这个招摇之山位于何处，《山海经》的叙述邈远迷离，我这个对古地理知识近于白痴的人，不敢臆测那个可以用作参照的“西海”是今天的哪一片水面。但由此知道，那个时候的人们就已经识得桂树了，欣赏并珍视桂花了。不然，那时候山上草木远比今天繁多茂盛，何以独独提出桂这一种来和地下的宝藏金玉并列呢？坡上坡下，有了这么些宝贝，这座山是值得“招摇”一下的。古往今来，金是有点俗气的。但这种香气四溢的花与温润生烟的玉并列在一起，也是一种雅致。所以，这座《山海经》中的山也算是颇有品位，不像我们今天的人、今天这个时代，仅仅因为多金就招摇得厉害。

今年中秋的第二天，也是在一座临海的山上，就看到了桂花已然开放。那海是今天中国地图上的东海。这座山叫莫干山。漫山竹林之间，凡有大路小径，都立着树形浑圆的桂花树。只是当时只顾看竹林，没怎么在意桂花。晚上了，坐在宽大的临着峡谷的阳台上看浑圆硕大的月亮，突然有香气袭来，月色如水，俯瞰山下平原，都笼罩在朦胧的月光中间，正是古人诗中的意境：“桂子月中落，天香云外飘。”

脑子里闪出一个词：桂花！抬头再望月亮时，心里就有了吴刚。有了吴刚被罚在月宫中砍伐那一株永远不倒的桂树的神话。

又想起杨万里写桂树的诗：

不是人间种，移从月中来。
广寒香一点，吹得满山开。

杨诗人干脆直接声称这树本不在人间，是从“月中来”的。现在，原先广寒宫中凝结的一点冷香，来到温暖的人间，被热气熏蒸，被风吹送，就这样弥漫开来，充满世界。这个世界不单是指外部，是包括了我们内心情境的那个世界。

过几天，从浙江回到成都。桂花真的是盛开了。

坐在十楼上开窗看书。楼下两株桂花散发的香气不时扑鼻而来。忍不住下楼去看桂花。看了这两株不够，又开车去城北的熊猫基地，那里有起伏的山丘、迂回的小径、葱郁的林木。从那里望出去，还可以看到这座城市残留的犄角乡野，总之是成都一处可以尽情欣赏花树的好地方。仿佛是为了应和人的心情，一路上，阳光越来越明亮，远远望见那株成都不多见的高大的蓝花楹，看见蓝花楹漂亮的羽状叶在阳光下闪烁不定时，就知道到地方了。

喜欢这个地方还有一个原因。园子大，还有一两个角落在不通往熊猫馆舍的路上，人少，有些荒芜，因此有些山野的自然意趣，不像所有公园，太多人，太多人工刻意的痕迹。进了园子，先看到四季桂在道边出现。桂花细小，又隐在繁密的叶下，如果不是香气盈溢，很难引人注意。特别是四季桂，植株本就矮小，还时常被修剪成树篱状，顾名思义，虽然四季都在开放，却不像有些品种的桂花那样香气浓郁，被人注目的时候，自然不多。

但今天，我却是专程来寻看桂花开放的。只不过，不是这种四时都开，却不起眼的四季桂。而是秋天开放的，丹桂与金桂。

不等看到花树出现，已经有香气袅袅飘来，循香而去，便见几株桂花树和一些女贞、一些栾树相间着站在了面前。

桂花在植物分类上属于木樨科。

至少我认识的木樨科的植物都花朵细密，同时香气浓烈。比如这组物候记中写过的丁香和女贞。在细花浓香这点上，桂花也与同科的丁香与女贞相仿。也

有不同，就是桂花远不如丁香与女贞花那么繁密，以至可以形成一个个引人注目的圆锥花序。

桂花，用植物志上的话说是“花序簇生于叶腋”。这里，有必要解释一下这个“叶腋”的意思。植物学上的定义还是很专业的——“叶片向轴一面的基部称叶腋”。没有植物学基础的人还是不太明白。但大家都看见过叶子长在树上的样子。桂花是一种阔叶树，所以我说的不是松树那样的针叶树长叶的样子，而是阔叶树长叶的样子，比如茶花树长叶的样子。因为桂树也是相同的样子。这一类的阔叶树，叶子从树干或树枝上长出来的时候，每枚叶子，用四川话就，都有个“把”，然后，叶子才展开在这把上。也就是在“叶柄”上展开。而叶柄与树干间，就有了一个夹角，就像人的胳肢窝——“腋”，叶腋。腋，这个比方，就是从人身上取譬来的。是的，桂花就是从桂树叶子的腋间长出来，紧贴着枝干，相当低调到隐身在闪烁着皮革光亮的对生叶下。所以，平视或俯视的时候，往往只见一树纷披的绿叶。好在桂花树总能长得比较高大。所以，一旦站在高出我们身量的树前，那些叶子就失去了掩蔽的功能，稍稍仰视，淡黄或橙黄的簇簇桂花就显现在眼前了。

成都常见的桂花因花色可分两种。

开橙黄色花的叫丹桂，颜色较为艳丽，香气却若有若无。

开淡黄色花的叫金桂，颜色淡雅，香气十分

浓烈。

植物界的普遍现象是，花色艳丽者并不若我们想象的有那么浓烈的香气。而香气浓烈的花，未必花色绚烂。这是因为，颜色和香气，其实都是花朵吸引昆虫前来传粉的招数。对头脑简单的虫子们来说，不必两招并用，色彩和香气，用上一招，就足够诱惑了。因为对植物来说，最耗费养分与能量的，就是开花这件事儿了。无须两招并用而耗费那么多的能量。

看见过一本外国人的观花指南上，有一个建议，带一只十倍的放大镜。桂花就是这种该用一只放大镜细细观赏的细花植物。每一朵花都是四片花瓣，护卫着中间两只顶着褐色花药的雄蕊，雄蕊下面，是暗藏的娇嫩的子房。

前面说过，喜欢到熊猫基地观赏植物，是因为与其他公园相比，这里还保留有较多的野趣。桂就是先野生而后被栽植的。朱熹写过桂花：

亭亭岩下桂，岁晚独芬芳。
叶密千层绿，花开万点黄。

都说宋诗说理多而意趣少，朱熹是这个时代产生的理学大家，但这首诗却只是观察与呈现。我看这是一株野生的桂花。成都这个地方，西面靠着横断山，北面靠着秦岭，这两个山区，是很多原产的中国植物的故乡。桂花也是中国的原生种，其老家，也就在靠

近成都的大山里面。

据说，桂花驯化引种是在汉代。汉初引桂树于帝王宫苑，获得成功。唐、宋以来，桂花栽培开始盛行。特别是在唐代，文化人植桂十分普遍，因为对于需要通过科举考试走向成功的人来说，考试高中叫作蟾宫折桂，就是从月亮上吴刚砍伐不休的那株桂花树折得一枝馨香的花枝了。故有人称桂花为天香。但无论如何，馨香的桂花是来到人类身边了，进到人家的庭院了。“桂花留晚色，帘影淡秋光”，这样的诗句描摹的，已经是桂花站在人家窗前的情景了。

陆游诗“重露湿香幽径晓，斜阳烘蕊小窗妍”，写的也是桂花进入庭院中的情形。

当然，成都看桂花最好的地方应该是桂湖公园。

那里有这位俊才年少得意时种植桂花的传说，但是，真实性却难以确定。但他留下的一首咏桂花的诗却是真的：

宝树林中碧玉凉，秋风又送木樨黄。

摘来金粟枝枝艳，插上乌云朵朵香。

呵，由此知道，那个时候，女子们是喜欢把馨香的桂花插在美丽的头发上的。那时，“插上乌云朵朵香”的，就不仅是桂花本身了。

谈

461–476

就随笔集

《成都物候记》

答记者问

问：《成都物候记》记录了您眼中成都这座城市的花木，这肯定不是纯粹科普意义上的观察与书写，您在书的序中写道，这是一次反思，引领我们检视自己置身其中的环境，您觉得熟悉环境的意义何在？或者说如果我们对周遭的环境不熟悉，我们将会遭受到什么？您觉得人与自然、环境应该是怎么样的相处之道？

答：其实，这些问题已经分别在书中的不同篇目中表达过了。

在这本书中，我的努力是把一些常见的文章的区隔打通，具体而言，就是把科普的、游历的、城市人文这几者原本互不交集的书写熔为一炉。用这样一种方式，切入一个城市的历史与文化与性格。

中国人都有宏大的关于爱的宣言，爱国家，爱民族，爱自己所出生或生活的城市或乡村。但这种热爱在各种表达中又稍嫌空洞，说了爱，但不说爱的理由。我想，爱是需要理由的，没有理由就显出空洞与虚假。而理由不需要深入的认知。在这个问题上，我不能反对别人轻易说爱，但我不会容许自己这么干。

问：您在成都已经生活了十多年，毫无疑问您是热爱这座城市的，大部分人也都说喜欢成都，因为成都的生活很舒适，让人很享受。对您而言，如果离开了物质层面上的理由，那对这个城市的喜爱还在不在？（很多人生活在没有历史底蕴、自然风光的城市，请给他们一个喜爱的理由）

答：我是1996年从阿坝来到成都工作生活的。起初，我也无非是觉得，对一个写作者，相对我老家来说，成都是更有机会的地方。那时，大家都说，成都是可爱的。因为其休闲，节奏比较慢一点，城市中好多茶馆，围着城市还有好多农家乐。但我觉得，一个城市有这样一些特征固然有其可爱之处，但如果只有这个，这个城市也可能让我厌弃。

我喜欢这个城市，融入这个城市，是因为现在生活在这个城市里一些人，和过去生活在这个城市、书写并表达了这个城市的那些人。因为这些书写，这个城市才具有了审美上的价值。是的，喜欢这个城市是因为它的文化，因为这个城市有文化的历史。对于没有历史文化底蕴，没有自然因素的城市，我是无法喜欢的。如果是我，唯一的可能就是离开它。

问：当下，大部分人都处于钢筋水泥铸成的高楼大厦中，对于这些花花草草，鲜有时间去观察，可能太多的琐事充斥着工作之外的休闲时间，对于这部分上班族，您有什么好的建议可以让他们充分吸收自然环境的氧气呢？

答：其实，一个人是可以没有那么多琐事的，只要你不对人与人之间的关系中那些复杂曲折处过于热衷或屈从，你就可以获得解放，你就会有属于自己的时间。你就可以读一点有关审美的文字，看看周围的事物呈现的自然之美。在我的经验中，美，对于人心灵的净化与提升是非常直接有力的。因此之故，我觉得一朵艳阳下的花、一株风中摇动的树，所作的无言宣示，对我们心境安好的作用，比这个时代好多精神导师，或者心理咨询师的效果更鲜明，更健康，也更加自然而然。

问：您对观察和记录植物上瘾已经好些年了，不仅在其中自得其乐，更要往植物王国里继续深入，请问您从中得到的是怎样一种乐趣?

答：我对植物的观察与记录，主要还是在青藏高原，那是我在寻访地方文化、人生故事，欣赏自然地理之余的一种调剂。三天前，我刚从阿坝州黑水县一个开放不久的叫达古冰川的景区回来，去那里，上到五千米的雪山，再下到峡谷中的村落听老者们的故事，然后，顺路拍摄观赏那些植物。

植物不是自己生长在那里，开花结果。植物也同时和人发生关系，被人利用，被人引种，被人观赏，把这些方面发掘出来，就是一种文化。顺便说一句，今天谈文化，太浮光掠影，太注重于那些表面的符号化的东西了。我想，植物会把我带入它们自己的世界，它们的生命的秘密世界，同时，也把我带到一个美的世界，一个有人活动其中的、文化意味悠长深厚的世界。

问　您认为眼睛该是一个不能忽略的重要感官，因为它在看见美好的时候，还可以让我们反省生活中不可避免的那么多粗陋，可以引导我们稍稍向着高一点的层面。能不能说这是您向成都这座城市表达情感的方式？而您所说的“高一点的层面”，可以理解为相对于物质层面的精神层面吗？

答：首先还是物质层面。

物质层面也有很多美好，只是我们容易视而不见。比如说，这本书中写到的那些植物，它们是那么美丽自在，每天都陪伴在我们的身边，但对大多数人，甚至对曾经的我来说，仅仅叫出它们的名字，都是一个巨大的困难。

然后，只要我们具有一种在物质世界的事物身上发现美的愿望，就能习得这种能力，这种欣赏自然就会把人从物质的层面上升到精神的层面。审美的对象是物质的，审美的过程却是精神的。

问：您在书中写到成都城中许多美丽的本土植物，它们不仅扎根于自然生境，更深植于这个城市的历史记忆中。如今，这些本土植物却被越来越多的引进植物分隔得七零八落，甚至难得见到它们成规模的景象。您在书中记录的这些，其实也反映出当下城市建设中的许多普遍问题。针对这一社会现象，您有没有好的建议呢？

答：我的建议很简单，引进外来植物要有节制，不要过多地改变由本土植物构成的景观。我举一个例子，槐花，也是深植于中国土地和文化中的一种开花植物。这一次，我就没有机会写它。成都有几条以槐树命名的街道，但现在，在这样的街上，已经看不到像样的槐树了。

T H E E N D

图书在版编目（CIP）数据

花重锦官城 · 成都物候记 / 阿来著 . -- 成都 : 成都时代出版社 , 2019.04
ISBN 978-7-5464-2241-1

Ⅰ . ①花… Ⅱ . ①阿… Ⅲ . ①散文集－中国－当代 Ⅳ . ① I267

中国版本图书馆 CIP 数据核字 (2018) 第 263802 号

HUA ZHONG JINGUANCHENG · CHENGDU WUHOU JI
花重锦官城 · 成都物候记
阿来 著

出品人 李文凯　策划 龚爱萍
责任编辑 龚爱萍　责任校对 李佳
书籍设计 许天琪　责任印制 李茜蕾

出版发行 成都时代出版社
电话 (028) 86742352（编辑部）
(028) 86615250（发行部）
网址 www.chengdusd.com
印刷 成都市金雅迪彩色印刷有限公司
规格 140mm × 210mm
印张 15.375
字数 280 千
版次 2018 年 11 月第 1 版
印次 2019 年 4 月第 2 次印刷
书号 ISBN 978-7-5464-2241-1
定价 88.00 元